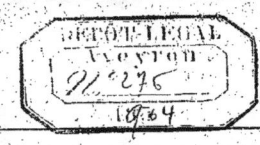

A. DE GÉRIOLLES

DANS

L'OREILLE

DE

BOUDDHA

LIBRAIRIE CH. DELAGRAVE
Rue Soufflot, 15, A PARIS

# DANS L'OREILLE · DE  BOUDDHA

# DANS L'OREILLE
# DE BOUDDHA

PAR

## A. DE GÉRIOLLES

ILLUSTRATIONS DE G. BIGOT

PARIS

LIBRAIRIE CH. DELAGRAVE

15, RUE SOUFFLOT, 15

# DANS L'OREILLE DE BOUDDHA

## PREMIÈRE PARTIE

### I

UN PEU D'HISTOIRE. — JOIES ET LARMES D'UNE ENFANT

Joyeuse et pavoisée, Tokio était en fête, et cependant, retiré dans son cabinet de travail, le Kou-gé[1] Rakemo Sama méditait soucieusement.

On était en septembre 1894; au mois d'août précédent éclatait cette guerre sino-japonaise qui devait affirmer de façon si éclatante, aux yeux du monde attentif, la valeur militaire, l'esprit de discipline, l'endurance, le mépris de la mort de ce peuple japonais qui, depuis l'antiquité la plus reculée, fut un peuple de héros.

Contrairement à ce que l'on avait cru d'abord, les Chinois non seulement se trouvaient prêts, mais encore possédaient des forces très supérieures à celles de leurs adversaires, entre autres deux unités puissantes de combat, c'est-à-dire deux cuirassés à tourelles.

Et cependant les victoires succédaient aux victoires; d'abord en Corée, la prise de Phyng-Yang, puis, tout récemment, cette grande victoire de Yalu où, grâce à des merveilles d'énergie, de bravoure, les Japonais anéantissaient la plus grande partie de la flotte chinoise commandée par l'amiral Ting.

[1]. Grand seigneur de la cour.

Certes, l'âme patriotique du Kou-gé s'enorgueillissait à juste titre de tant de gloire, et cependant il demeurait profondément mélancolique; c'est que, nature compatissante, il songeait aux nobles victimes demeurées là-bas, s'associait à la douleur des pères, des mères, des femmes, des sœurs.

Une préoccupation d'un autre ordre l'assombrissait aussi : les discordes intérieures, la misère du peuple, des ouvriers. Déjà Kobé, Osaka, Nagasaki, étaient des centres de fermentation; partout des grèves s'organisaient, avec le cortège accoutumé des violences et des voies de fait.

Évidemment, le Kou-gé blâmait et condamnait sévèrement de pareils excès; mais, de jugement très sain, de cœur généreux, il déplorait les causes premières d'une agitation aussi inquiétante.

Plus d'une fois, obéissant à sa conscience, Rakemo avait signalé le péril, sans réussir à autre chose qu'à fatiguer son auditoire et même, peine qui l'avait atteint au cœur dans son affection pour le Mikado, il avait senti passer le vent froid de la disgrâce.

Voilà pourquoi, au milieu de l'allégresse générale, il demeurait triste.

Soudain il tressaillit, et son visage s'éclaira; une voix d'enfant montait jusqu'à lui, fraîche, impérieuse :

« Vite, vite, qu'on se dépêche! » criait la voix.

Il descendit rapidement et s'arrêta souriant dans le vestibule. Là, sa fille, une gentille enfant de onze ans, aristocratique et fine, frappait avec impatience les dalles de son patin de santal incrusté d'ivoire, l'orteil rose pressant la courroie brodée de perles et de corail.

Et c'était un vrai bijou, cette créature menue et bizarre d'antique race, blanche comme une Européenne, le visage délicat, l'œil à peine retroussé.

Massés au fond de l'immense vestibule, portant sur le dos et les manches de leur tunique le blason du maître, feuillages ou signes singuliers entourés d'un cercle, les serviteurs de la demeure seigneuriale s'émerveillaient à voir la jeune maîtresse éblouissante de brocarts et de bijoux.

Dans la pièce d'entrée de toute maison japonaise est une console destinée à déposer les sabres à l'arrivée ; là s'accouda le Kou-gé pour couver à l'aise sa fille de son regard tendre, infiniment triste. Depuis deux ans, il avait perdu sa femme très aimée, et Oyouki demeurait désormais toute son espérance, toute sa joie, toute sa raison de vivre.

Il interrogea :

« Qu'attends-tu, chérie ? »

Elle, toute fière, avec une petite flamme gaie dans les yeux, répondit :

« Ma fille Tsouki-San, père, celle que vous m'avez fait venir de Paris. »

Oui, Oyouki attendait sa poupée, car c'était un grand jour en vérité que celui-ci, une solennité charmante, unique au monde, la fête des enfants dans les rues de Tokio.

Tous étaient dehors, mouskos[1] et mousmés, encombrant les voies principales de chars minuscules où chacun, très grave, traîne une poupée assise sur un trône. Superbe jouet pour les riches, risible et lamentable marionnette pour les pauvres, toutes ces poupées sont montrées avec même orgueil, promenées avec même amour.

Parmi les chars, beaucoup ont été faits de vieilles caisses de bois ou de zinc sommairement montées sur deux roues pleines. Qu'importe! l'illusion est si belle chose, que petits hommes et petites femmes s'extasient, enchantés devant leur bien propre; et leur œil en virgule, coulé au coin de la paupière, quête quand même les admirations du public.

Rien n'est amusant comme ces bébés nippons impayables dans leurs longues robes chatoyantes, câlins et gracieux comme une assemblée de jeunes chats en gaieté.

Et peignés !... oh! peignés... avec quelle jolie cocasserie!

Les uns, le crâne rasé, gardent de petites tresses réservées par places; les autres portent les cheveux taillés en calotte d'Arlequin;

1. *Mouskos* : petits garçons; *mousmés* : fillettes, jeunes filles.

beaucoup ont la tête ornée de toques à la façon de nos enfants campagnards.

Toutes les fillettes, par exemple, se montrent coiffées en belles coques lustrées, telles de vraies madames, un peu minaudières déjà.

L'enfance est ravissante au Japon, éveillée, intelligente, bonne.

Sous la porte massive bardée de fer du Yashkis[1], Oyouki attendait le char de Tsouki-San[2], traduction : Mademoiselle la Lune.

Le voilà enfin ce char, une surprise faite par son père. Oh ! mais c'est une merveille, cette conque de fine laque d'or que soutiennent d'extravagantes chimères aux yeux d'émeraudes, à la grimace féroce. Ne faut-il pas qu'au Japon un peu de terreur se mêle invariablement aux choses les plus gaies ?

On n'attendait plus que Mlle Tsouki. Elle apparaît portée sur les bras d'une suivante, et, respectueusement, on la pose sur le velours pourpre du trône ; ce chef-d'œuvre fait courir un murmure d'admiration.

Idéale Parisienne aux yeux bleus, aux cheveux d'or, Tsouki est écrasée sous le poids du lourd, de l'étincelant costume que les vieilles estampes attribuent à Gziné-Goukoyo, l'illustre impératrice guerrière, triomphatrice des Chinois et des Coréens, idole de ce peuple qui garde au milieu de sa mièvrerie, de ses enfantillages, la folie de toute grandeur, de tout héroïsme.

Et maintenant éclate le remue-ménage du départ. Les coureurs, tatoués des dessins les plus étranges, — à croire que leur corps robuste est enserré dans un maillot, — ouvrent la marche ; des officiers de la maison du Kou-gé précèdent le char derrière lequel Oyouki marche glorieuse, les mains appuyées sur les têtes dorées des chimères.

Elle passe joliette et gracieuse en sa robe tissée des couleurs de

1. Palais des grands seigneurs.
2. *San :* appellation qui suit tous les noms au Japon et équivaut à monsieur, madame, mademoiselle.

l'arc-en-ciel, semée de chrysanthèmes et de cigognes, et la foule salue

Oh! mais, c'est une merveille!

avec des rires discrets, l'échine pliée, les paumes aux genoux, la fille de Rakemo.

Des marchands de gâteaux, de bonbons au poivre, de fruits à la grêle, circulent parmi la foule bariolée; sur le passage des plus beaux chars partent quelques vivats atténués, — le Japonais est rarement bruyant.

Les vieux, le haut du crâne rasé à la *Magot,* fidèles au chignon d'autrefois, leur restant de mèches grasses et luisantes collées sur les tempes, hochent la tête avec satisfaction, le regard tout réjoui derrière les grandes lunettes rondes... Ils ont été comme cela dans le temps, ah! mais!

Au coin des rues, les djin-richi-san — traîneurs de djin-richi-cha, petites voitures légères à une seule place, montées sur deux roues — se massent admiratifs, montrant leurs robustes jambes nues, leurs pieds nerveux, agiles, chaussés de sandales de paille, les uns le crâne vigoureusement serré d'un mouchoir, les autres s'abritant sous des chapeaux de jonc grands comme des ombrelles. De jeunes télégraphistes, courriers porteurs de journaux, de dépêches, un moment arrêtés, appuyés sur leur bicyclette, suivent, très amusés, de leurs petits yeux à peine ouverts, le défilé du cortège.

Échelonnés sur les principaux points du parcours, des photographes en costume national, coiffés du melon européen, prennent des instantanés : la photographie est une des passions du Japonais.

Par bandes, se donnant la main, des mousmés rieuses se promènent, superbes, la démarche ralentie par les hauts patins, montrant le chignon des grands jours, astiqué, gommé, fleuri, piqué d'épingles d'écaille, de pompons d'or ou d'argent, et leurs belles ceintures aux coques démesurées.

Oh! les bonnes joues ambrées, un peu trop rondelettes peut-être, mesdemoiselles, et les gentils yeux qui ont toujours l'air de faire effort pour s'ouvrir!

Aux fenêtres des Tcha-va, ou maisons de thé qui participent de ce que sont chez nous les cafés, restaurants ou hôtels, avec cette différence que le service est fait uniquement par des mousmés, des Anglais longs, maigres, en complets à carreaux, se bourrent de sandwichs et de thé pris en des tasses minuscules, tout en inscrivant rapidement des notes pour leurs divers *magazines*. Les rues sont pleines de matelots, d'officiers de toutes les marines du monde : l'on entend un échange de tous les charabias connus et inconnus.

Et partout s'épanouissent un gaieté polie, des rires de bienvenue, d'interminables petits saluts, mille singeries aimables.

La lente procession défilait maintenant sous les derniers rayons du soleil. Brusquement le ciel verdit à l'approche du crépuscule. Quelques chars prirent des rues transversales, disparurent.

Bravement, Oyouki allait toujours, droite et fière, comme exerçant un ministère.

Tout à coup des gens passèrent, très émus, gesticulant, jetant des nouvelles :

« Une émeute ! On s'est battu tout à l'heure ; la Bourse au riz a été envahie ; les émeutiers menaçaient de tuer les marchands s'ils n'abaissaient pas le prix de la balle. »

On s'exclama :

« Pas possible ! Une émeute, le jour de la fête des enfants ! »

Inquiets, les officiers du Kou-gé entourèrent Oyouki :

« Il faut rentrer bien vite. »

Elle essaya de résister, mais, comme passait une djin-richi-cha, ils l'arrêtèrent pour la ramener plus vite. L'un des hommes donneurs de nouvelles ajouta :

« La bagarre a été rude. Le Kou-gé Rakemo Sama, qui passait, — un bon seigneur, celui-là ! — s'est jeté dans la mêlée pour arrêter les combattants et a reçu une balle de revolver dans la poitrine ; on le dit mourant. »

Oyouki, devenue pâle comme une morte, chancela, les lèvres agitées d'un tremblement convulsif. Son père, son père adoré, blessé ! Son père qu'elle ne trouverait peut-être plus vivant en arrivant au palais !

Les officiers essayaient des consolations ; cet homme se trompait peut-être, exagérait sûrement ; mais, les repoussant du geste, elle sauta dans la voiture, criant, éperdue :

« Vite, vite, au palais ! »

Elle mordait son mouchoir pour étouffer ses sanglots, sa pauvre petite tête éclatait.

Déjà, de tous les coins de l'horizon, la nuit accourait légère et sombre. Le papillonnement diapré des milliers de lanternes piqua l'ombre, chacun tenant la sienne balancée au bout d'une perche lancée en avant comme pour quelque extraordinaire pêche. Des boutiques s'éclairèrent, des enseignes flottèrent sous la brise, d'autres s'allumèrent en transparents. Tokio prit cet air de fête que revêtent chaque soir les cités japonaises.

Et toutes ces gaietés aggravaient l'horrible peine de cette pauvre enfant que la voiturette, courant dans l'ombre, emportait vers le malheur.

Baignés de lune, massifs et blancs sous le toit noir énorme, les murs du palais apparurent.

Sur le seuil, Dédé-San, la bonne nourrice maternelle, attendait, anxieuse... Ses bras caressants se refermèrent sur la pauvre désespérée.

II

ICI L'ON PLEURE. — OU LE GRAND BOUDDHA GUÉRISSEUR SE MONTRE
PEU PITOYABLE

Un grand deuil planait sur le palais. Étendu sur sa couche de douleur, sa tête livide appuyée à l'espèce de petite boîte peu confortable qui sert là-bas d'oreiller, sa tunique tachée de sang à l'endroit de la poitrine, Rakemo Sama gisait grelottant de fièvre sous la moustiquaire. Les médecins et les chirurgiens de la cour venaient de terminer leur consultation ; ils n'avaient pu procéder à l'extraction de la balle, et le poumon était perforé ; à l'unanimité ils condamnaient le blessé ; le Kou-gé allait mourir ; à peine lui restait-il quelques jours de grâce.

Et maintenant, brisée par le désespoir, Oyouki demeurait proster-

née devant l'autel des ancêtres qu'abrite toute maison japonaise;
mains jointes, lèvres tremblantes, elle les suppliait, et avec eux tous
les dieux, de lui accorder un miracle, de lui conserver son père.

Deux jours d'indicible angoisse passèrent; Dédé, voyant la mal-

Étendu sur sa couche de douleur...

heureuse fillette devenue si pâle à force de pleurer, s'inquiéta : allait-
elle donc mourir aussi, cette joie de ses yeux? Ce cher petit cœur
de son cœur allait-il cesser de battre?

Dédé : — ce nom, très répandu au Japon et qui veut dire jeune
fille, faisait sourire, appliqué à la brave femme déjà mûre. Sa figure
prématurément ridée, d'une laideur drôle, prenait avec les ans ce

type de vieille singesse, fâcheux apanage des femmes âgées de la basse classe. Mais si Dédé n'était pas précisément jolie, combien elle était bonne !

Très malheureuse de voir souffrir sa fille de lait, elle cherchait un moyen, un expédient quelconque apte à lui donner un peu de calme, un peu d'espérance.

Enfin, elle eut une trouvaille :

« Sais-tu, petite colombe, ce qu'il faut faire pour obtenir la guérison de ton père ? Un pèlerinage au Bouddha de la Saksa, un bon Bouddha sans pareil, qui guérit les maux les plus incurables.

« C'est simple comme tout : on touche la partie du corps du dieu correspondante à celle dont le malade souffre, et c'est fait. Tu toucheras la poitrine, puisque c'est là que le maître souffre, et Bouddha n'aura pas le courage de te refuser. »

Les larmes d'Oyouki coulèrent moins pressées ; une lueur d'espoir s'alluma dans ses yeux : Bouddha l'écouterait peut-être.

« Il exauce toutes les prières, dis, nourrice ? »

Dédé demeura quelque peu embarrassée :

« Toutes, non, ma chérie, le monde ne finirait jamais, et il paraît qu'il doit finir ; mais beaucoup, oui. »

L'enfant soupira.

Le lendemain, toutes deux partaient en djin-richi-cha pour la Saksa. Des tramways se croisaient dans les rues larges et droites avec les lourds chariots à peine dégrossis des vieux âges ; des coolies allaient, venaient, très actifs, pieds nus, ayant pour tout vêtement un misérable pagne serré à l'échine souple ; des enfants se rendaient à l'école portant le costume national ou mi-européen, surmonté de l'énorme et hideuse casquette allemande, le tout d'un grotesque réussi. Les maisons, ouvertes de tous leurs panneaux de papier à coulisses, laissaient voir les images sacrées des dieux et les tablettes des ancêtres posées sur l'étagère d'honneur. Partout flottaient de ces longues enseignes aux couleurs vives qui font si gaies les rues au Japon.

C'est une étrange cité que Tokio.

Les coureurs franchissaient des espaces vides ou jonchés de ruines, tristes restes des incendies, des tremblements de terre, des dévastations commises aux périodes d'anarchie.

Parfois ils s'engageaient à travers des champs, des bosquets, car il y a de tout dans cette capitale qui couvre un espace plus grand que Paris.

Pendant quelque temps, on longea les interminables murailles de l'Asaka, palais des empereurs, grand comme une ville et si mystérieux, si soigneusement caché aux regards profanes, qu'il est impossible d'en rien apercevoir du dehors.

Dans les rues les moins populeuses, de jeunes Nippons, presque tous aspirants à la situation très enviée de courriers à bicyclette, prêts à être admis, après un sérieux examen, à l'honneur de monter une véritable machine, propriété de l'administration ou de la maison à laquelle ils appartiendront désormais, s'entraînaient sur de redoutables bicyclettes de bois venues on ne sait d'où. De tous côtés se voyait un entre-croisement fou, invraisemblable, de djin-richi-cha. Il en circule aujourd'hui plus de trente mille dans les rues de Tokio.

Le corps de métier des djin-richi-san a ses humbles héros. En 1891, deux d'entre eux, Moukotaba et Kigata, exposèrent noblement leur vie pour sauver celle du czarewich Nicolas, aujourd'hui empereur de Russie et notre allié.

La course à toutes jambes continuait; on passait au cœur de l'immense ville, traversant les splendides avenues de cryptomérias[1] et de bambous du bois sacré de la Shiba, véritable cité de temples antiques, merveilles d'or et de laque des douzième et treizième siècles. Pauvres beaux vieux temples bien décrépits maintenant, avec leurs monstres d'or, leurs dragons de pierre parmi lesquels volent sans fin les faucons et les corbeaux !

Enfin, voici la Saksa, l'immense pagode rouge à cinq étages, aux toits cornus, qui domine la ville.

1. Cèdres géants.

Autour du préau, sous les cèdres centenaires, se presse une quantité de petites boutiques pleines des choses les plus diverses, les plus étonnées de se rencontrer ensemble : bibelots anciens ou modernes, affiquets de toilette, baguettes d'encens, feuilles de prières petites divinités de terre cuite, oh! pas cher, à partir d'un sou.

La foule s'y presse en smalahs familiales, des fillettes portant sur le dos des bébés jaunes, grassouillets, très gâtés, d'humeur gracieuse souriante.

Il y a foule de jolies mousmés et aussi de vieux et de vieilles très vilains, avec des grâces d'orangs-outangs civilisés. Beaucoup son presque sans nez, sans yeux. La nature se livre vraiment à de regrettables économies pour les visages de cette race enfantine et rieuse.

Et des compliments et des saluts, en veux-tu, en voilà. Au pays nippon, la moitié de la vie se passe à saluer.

La Saksa est un des lieux de pèlerinage des plus antiques du Japon.

L'immense temple, rouge-sang comme la pagode, est toujours ouvert aux fidèles, et le bruit métallique des offrandes tombant dans les troncs y résonne constamment.

C'est en même temps, tout le jour, une curieuse musique de mains qui claquent; il faut attirer l'attention des dieux, s'assurer d'être entendu quand on les prie de s'occuper de ses petites affaires.

Ces idoles doivent se montrer sujettes aux distractions, car on claque beaucoup des mains dans le temple ; on y mange aussi beaucoup de prières achetées aux bonzes, roulées en boulettes; c'est souverain pour une quantité de maux, assurent les bonnes femmes.

Elles s'érigent tout au fond du sanctuaire, ces idoles distraites, derrière deux rangs de barrières, au centre d'un incroyable méli-mélo de lanternes, d'oriflammes, de lotus d'or, de lampadaires géants.

Ce sont de véritables colosses montrant de bonnes grosses figures béates, des yeux un peu louches. Les fidèles mâchent des feuilles d'oraisons, des suppliques, et les leur lancent.

Très modeste, le fétiche guérisseur célèbre dans tout le Japon

Oyouki pria longtemps.

occupe une niche des plus simples, et il faut savoir qu'il fut Bouddha
dans son jeune temps pour le reconnaître.

2

On l'a tant et tant frotté depuis des siècles, le pauvre, qu'il n'est plus aujourd'hui qu'un bloc de bois informe, sans aucun vestige de l'ancienne et glorieuse dorure dont il fut jadis revêtu. Presque pas d'apparence humaine. Disparu le nez, effacées les lèvres, usés les doigts des pieds et des mains.

Très recueillie, très émue, Oyouki déposa dans l'un des troncs sa riche offrande, alluma les baguettes d'encens, et avec respect toucha la poitrine du guérisseur, puis, prosternée à ses pieds, claqua des mains et pria longtemps.

Ah! certes, elle y mit son cœur tout entier, l'infortunée fillette; cependant elle rentra au palais aussi triste, aussi désolée qu'elle en était partie, portant en son âme craintive le même noir pressentiment de mort et de malheur.


### III

PAUVRE OYOUKI! — OU LE LECTEUR FAIT UNE BIEN VILAINE CONNAISSANCE

En face de la mort prochaine, Rakemo Sama ne se faisait nulle illusion, et, malgré sa courageuse résignation, les plus douloureuses appréhensions l'assaillaient.

Il était si cruel de laisser son Oyouki, sa fille bien-aimée, seule au monde et, circonstance aggravante que l'on ne connaissait encore qu'assez vaguement dans son entourage, presque ruinée!

Le traitement considérable affecté à ses fonctions faisait le plus clair de sa fortune. Pour comble de malheur, un terrible cataclysme venait de détruire de fond en comble les plantations de thé, reste de l'ancienne opulence de ses pères.

A qui allait-il confier son enfant? Sa race éteinte, il ne possédait plus qu'une parente, vieille fille qu'il connaissait à peine, pour l'avoir vue une heure, il y avait de cela longtemps, et de laquelle il ne se souvenait guère.

Tout cet inconnu l'inquiétait, mais que faire? Le temps n'était-il pas compté!

Une dépêche pressante envoyée de Kioto appela la cousine Kikou-San au Yashkis.

Très surprise, mais pleine de bonne volonté pour les désirs d'un parent aussi riche, aussi puissant, Kou-gé et ami de l'empereur, — qui sait? les médecins se trompent parfois; il pouvait se remettre et se montrer reconnaissant de son zèle, — la vieille dame arriva dare dare.

Il était temps; le blessé s'affaiblissait.

Kikou possédait à un très haut degré la vénération de toute richesse, de toute grandeur; seuls les faibles, les misérables, ne comptaient pas pour elle.

Au moment d'entrer dans cette chambre de souffrance, elle se composa, avec un réel talent de comédienne, une expression fort bien imitée de chagrin, d'attendrissement respectueux; ce fut très bien réussi; puis, se précipitant à quatre pattes, les mains posées à plat sur la natte blanche, élle se livra à une interminable série de kow-tow, ce salut baroque et courtois si bien porté au Japon.

C'était une vilaine bonne femme que cette Kikou, dépassant en déplaisance tout ce que la pauvre Oyouki avait connu jusqu'ici. Un air de chouette malade que le soleil aveugle, une face de vieux parchemin où le nez en extravagante descente surplombait la lèvre fine, rentrée.

Fort grande dame cependant, gardant l'allure spéciale aux femmes de l'ancienne aristocratie : vêtements de couleur sobre, éteinte, sourcils rasés, dents laquées de noir, le tout peu joli à voir, mais, d'un comme il faut incontestable.

L'impression fut mauvaise pour le malade, et il dut réprimer un premier mouvement de recul; puis, devant cette physionomie qui lui montrait une douceur et un intérêt si savamment joués, il crut s'être trompé, s'en voulut même de son injustice.

D'ailleurs, une fois encore, sans y trouver de réponse, il se répétait le mot navrant : « Que faire? »

Alors, courageusement, après les brèves paroles de bienvenue que coupait péniblement sa respiration sifflante de blessé, il mit sa parente au courant de ce qu'il attendait d'elle et des tristesses de sa situation :

« Vous le voyez, il ne reste plus à Oyouki que des débris de ce qui fut ma fortune; pourtant, ces débris, sagement administrés par vous, suffiront grandement à bien élever ma fille.

« Jurez-moi que vous l'adoptez de tout cœur, que vous la regarderez et la traiterez toujours comme votre enfant, et je mourrai moins désespéré. »

Kikou-San, que toutes ces déclarations venaient de singulièrement refroidir, ne conservait son masque doucereux que par un prodige de volonté.

En une seconde elle pesa le pour et le contre de la situation. Certes, ce n'était pas là ce qu'elle avait espéré; mais, en somme, bien que modestes, les revenus de l'orpheline, joints aux siens, feraient encore un assez joli morceau, valant la peine de se mettre en frais. Ceci jugé, établi, elle se rapprocha de Rakemo, saisit ses mains et, levant ses yeux obliques vers le plafond, prit à témoin les communs ancêtres de la bonté de son cœur, affamé d'affection maternelle, et de son inaltérable dévouement.

Rakemo avait besoin de croire, il crut.

Le lendemain, au coucher du soleil, il s'éteignit dans les bras de son Oyouki, en la bénissant.

Dédé enleva la pauvre petite à moitié morte de ce lit de douleur, l'emporta dans sa chambre.

Raide, impassible, Kikou donnait déjà des ordres, tout en suivant de l'œil à la fois dormant et inquiétant d'un chat qui guette sa proie, le groupe qui s'éloignait, et il y avait de bien effrayantes choses dans ce regard.

. . . . . . . . . . . .

. . . . . . . . . . .

Le lendemain, la dépouille de Rakemo Sama recevait, selon le cérémonial ordinaire et sous la surveillance pieuse de la désolée nourrice, les soins suprêmes réservés aux morts.

Les cheveux rasés, couvert du vêtement blanc des pèlerins, le Kou-gé fut assis dans une sorte de petit palanquin entre deux vases de lotus sacrés aux feuilles d'argent; on remplit ce cercueil bizarre de chaux, d'encens, d'aromates de toutes sortes, puis le noble descendant des daïmios[1] partit en grande pompe pour la sépulture de ses ancêtres. Une foule immense suivait le cortège officiel, car c'était un homme bon et loyal que Rakemo : il avait fait beaucoup de bien dans sa vie, et on l'aimait.

Il existait autrefois aux funérailles des grands une coutume barbare, maintenant abolie. Les femmes, les serviteurs, les chevaux, accompagnaient leurs maîtres dans la tombe. Chose inouïe, lorsque cette effroyable coutume cessa d'exister, on fut souvent obligé d'user de force pour empêcher les serviteurs de se suicider sur le corps de leurs seigneurs. L'on remplace aujourd'hui ces sacrifices humains en plaçant dans les tombeaux des effigies en argile.

Durant sept semaines, selon l'usage, la malheureuse orpheline, sa tante, ses amis, les gens de la maison, visitèrent journellement la tombe, y brûlant des baguettes d'encens, y apportant fleurs, lanternes de papier, riz, gâteaux, fruits, éventails.

Les jours passaient, et la pauvre Oyouki, glacée au seul aspect de sa froide, sèche et impérieuse cousine, pleurait sans répit sur le cœur maternel de sa Dédé-San, sa tendre nourrice.

Quant à l'imposante Kikou, jugeant tout à fait inutile désormais de se contraindre, elle se retranchait derrière un triple plastron d'insensibilité. Pas une larme n'avait coulé sur ses joues fendillées comme un vieux buis, pas un attendrissement n'avait passé dans ses petits yeux en coin. Pourvu que le repas fût friand et cuit à point, le brasero destiné aux pipes bien allumé, les choses allaient pour le mieux en ce bas monde.

---

1. Grands seigneurs, de très haute noblesse.

Elle buvait des boissons fraîches, croquait des haricots à la grêle, son mets de prédilection, et, toutes les cinq minutes, on entendait le bruit de sa minuscule pipe d'argent frappant sur le rebord de sa boîte à fumer : pan, pan, pan.

## IV

### DÉDÉ-SAN PASSE UN BIEN VILAIN QUART D'HEURE. — OYOUKI FAIT SON PREMIER VOYAGE

Kikou-San, installée en maîtresse au palais, réfléchissait, ennuyée au delà de ce que sa courte patience pouvait supporter de tant de larmes, de tant de deuils.

Les réflexions de Kikou étaient en général grosses de menaces pour le prochain.

Or donc, sa sagesse, pour laquelle elle professait une admiration sans bornes, la jugeant supérieure à toute autre, lui conseilla de brusquer les choses.

Elle s'ennuyait à Tokio, n'y avait pas ses petites habitudes, et, dame, on y tient, à ses petites habitudes; puis cette Dédé, ses lamentations et ses gâteries pour Oyouki lui portaient sur les nerfs.

Dans quelques jours les sept semaines réglementaires consacrées aux visites à la tombe seraient accomplies, il était temps d'en finir.

Bien décidée, elle manda Dédé-San, et de sa voix aigre lui signifia :

« Vous n'ignorez pas sans doute, nourrice, que le palais est déjà vendu par mes soins, afin de payer les créanciers, et que je pars pour Kioto avec ma pupille. Ceci veut dire que vous avez à prendre prestement vos dispositions de manière à être hors d'ici avant huit jours. »

La pauvre femme ahurie crut avoir mal entendu :

« Qui? moi, partir, quitter Oyouki? Non, ce n'est pas possible, je n'ai pas compris. Vous ne voudriez pas faire cela? »

Elle se montait, pleurait.

Kikou répondit, glaciale :

« C'est si possible, au contraire, ma bonne femme, que, toute prière étant inutile pour essayer de m'apitoyer, je vous prie de tourner immédiatement les talons. Allons, sortez, la petite scène a assez duré. »

Dédé tenta un geste de protestation aussitôt arrêté.

« Rendez encore grâce à ma bonté si je ne vous mets pas à la porte sur l'heure. C'est ce que mon cousin eût dû faire depuis long-temps, car vous éleviez déplorablement sa fille.

« C'est entendu, hein ! Maintenant, envoyez-moi la petite. »

Atteinte en plein cœur, la nourrice s'éloigna, comprimant ses sanglots; elle ne voulait pas que cette vilaine femme les entendît.

Peu après, Oyouki parut, les yeux rouges, avec un léger tremble-ment de tous les membres.

La douce Kikou la terrifia de son regard d'acier, et, très irritée :

« Ah! mais, ça ne va donc pas finir! En voilà assez! J'ai horreur des pleurnicheries; tâchez de mettre un terme à toutes ces averses. Sachez qu'une femme forte doit savoir être maîtresse même de ses douleurs. »

Une femme forte, la petite Oyouki, l'orpheline de onze ans, sur laquelle venait de tomber la foudre?

C'était absurde, bête, cruel; mais la sage Kikou-San avait la pas-sion des sentences.

Elle continua :

« D'ailleurs, si vous pouviez comprendre certaines choses, vous me rendriez grâce de vous séparer de cette sotte de Dédé; elle vous gâtait indignement. »

Et comme l'enfant se retirait :

« Surtout, croyez-moi, conseillez-lui, dans son intérêt, de se tenir tranquille et de ne pas chercher à vous revoir, sans quoi, gare, je vous affirme qu'elle le payerait, et cher. »

Les huit jours de grâce passèrent, durant lesquels nourrice et enfant, glacées de terreur, cachèrent leur chagrin et leurs effusions dans les coins les plus reculés du Yashkis. Enfin l'heure douloureuse sonna où Dédé, dénouant de son cou les bras crispés de la fillette, dut partir, prendre la route de son gentil village de Moïto. C'était très loin, là-bas, à l'autre bout de l'île, tout près d'Avomory, ce para-dis terrestre au perpétuel printemps, où les Japonais projettent de construire le plus confortable, le plus merveilleux sanatorium du monde.

Hélas! au village, Dédé, veuve, sans enfants, serait seule.

.  .  .  .  .  .  .  .  .  .  .  .  .  .  .  .  .  .  .  .  .

Les jours de douleur se suivaient. Le surlendemain, Oyouki s'ar-rachait avec déchirement à ces lieux où, près de son père adoré, de sa jeune mère dont elle gardait le doux souvenir, elle fut si long-temps heureuse.

Quoique violents, les chagrins de l'enfance sont faciles à distraire. On gagna Kobé; et quand la fillette se trouva bien installée dans ce drôle de petit chemin de fer à voies étroites qui mène à Kioto et qui, comme tant de choses japonaises, ressemble à un joujou, la vivacité de ses impressions détourna ses tristes pensées coutumières.

Oyouki n'était jamais montée en wagon; tous ces bruits de sifflets, de ferraille, de vapeur, l'ahurirent et la ravirent : cela représentait du nouveau, et longtemps elle dévora chaque chose du regard; puis, à force de regarder défiler les prairies, les champs de riz, les vieux temples aux toitures retroussées soutenues par des armées de chiens célestes aux ongles dégainés, peu à peu tout se brouilla, et, bercées par le bruit rythmé du train, elle s'endormit.

Un coup d'éventail assez rudement appliqué sur ses genoux la réveilla. On arrivait à Kioto, la ville sainte et mystérieuse qui demeura si longtemps fermée aux Européens, à Kioto la belle, la grande, la curieuse, ancienne capitale des Shoguns, empereurs militaires.

A la porte de la gare, les djin-richi-san, ou, plus brièvement, les djins, se précipitèrent. Pour un peu, chacun eût emporté, dans son ardeur, un morceau, peu tentant cependant, de la vieille dame.

Enfin, après de longs et rapaces pourparlers, l'on tomba d'accord; trois djin-richi-cha, une pour Kikou, une pour Oyouki, une pour les bagages les plus immédiatement nécessaires, furent acceptées, et la course vertigineuse commença.

Bousculement des passants, sauts extravagants sur les cailloux, inclinaisons menaçantes aux tournants, traversée de ruisseaux enflés comme de petits torrents, rien n'arrête le djin. Ces étonnants coureurs, sans pareils au monde, ne doivent jamais ni s'essouffler ni se plaindre, il y va de leur honneur; il s'ensuit naturellement beaucoup d'accidents, mais jamais rien de grave.

Justement, comme pour amuser Oyouki, voilà qu'il s'en présente un assez comique : un djin vient de mettre le pied sur quelque pierre par trop aiguë; le pauvre diable a tout lâché, et patatras! La djin-richi-cha chavire. Grand émoi de la gentille mousmé qui l'occupait, se rendant, pomponnée, parfumée, en grandissime toilette, à quelque fête. Et des cris, des lamentations.

Pourquoi tant crier, mademoiselle, puisque vous n'avez pas le moindre mal?

Tout simplement parce que de jolis cris effarouchés, poussés à propos de tout et de rien, sont une des grâces des Japonaises.

On courait, on traversait un torrent, des faubourgs, ça ne finissait pas. Des rues recommençaient, et encore des rues, bordées de boutiques; d'autres montrant des rangées de palais dont quelques-uns abandonnés, et d'immenses avenues défendues par des monstres roulant leurs yeux louches, dardant leur langue sanglante, comme prêts à bondir, de ces monstres tels que seule l'imagination des Nippons en sait inventer.

Ces avenues superbes conduisent aux trois mille temples de la ville. Trois mille! débordant des plus fabuleuses richesses! On ne voit ces choses qu'au Japon.

La maison de Kikou, perchée dans la montagne, au milieu de la belle verdure des bois de sapins et de bambous, dominait Kioto étendu dans la vaste plaine à ses pieds.

Le spectacle fascina Oyouki.

Était-ce grand, cette vieille capitale! Des millions de petits toits d'un gris sombre, piqués par les lourdes toitures monumentales des temples. Oui, vraiment aussi grand que Tokio, mais tout cela vieux, triste, solennel, puis si étroitement entouré de montagnes qu'on eût dit une prison dont elle ne pourrait jamais, jamais sortir.

Cependant elle était vraiment gentille, la maison de la vieille cousine, joliment garnie devant l'entrée de jardinières de bambou, débordantes de fleurs.

Dans cet aimable cadre le jardinier, vêtu du costume cocasse de la corporation, tunique courte et casque à mèche blanc, regardait sans l'y aider — ceci n'étant point son affaire — sa maîtresse descendre de voiture, et il semblait se dire :

« Fini de rire, voilà le diable revenu; et cette fillette si mignonne ne s'amusera pas tous les jours. »

Oyouki lui trouvait une bonne figure, à ce Sato-San; et quand, morne, les coins de la bouche abaissés en une expression navrante de tristesse, l'orpheline passa près de lui, il lui sourit; ce serait peut-être un ami... plus tard.

Mais aujourd'hui, en dépassant ce seuil étranger, l'enfant se sentait écrasée par une insurmontable sensation d'inquiétude, d'angoisse, à se sentir si seule, si loin.

## V

### JOURS D'ÉPREUVES. — OU MADAME KIKOU-SAN SE MONTRE... TROP PRATIQUE

La maison de Kikou-San ressemblait à toutes les maisons japonaises de la classe aisée : cloisons de papier glissant à volonté dans des rainures, petites niches ingénieusement pratiquées dans la muraille du fond, la seule qui ne soit pas démontable en général.

Ces niches, dont les portes, toujours en papier, sont disposées en panneaux, servent d'armoires; c'est là que l'on enferme le linge et les vêtements des habitants de la maison.

Tous les matins, les boiseries fines, élégantes, sont méticuleusement lavées à l'eau de savon.

Peu ou point de meubles; à peine quelques étagères, quelques paravents, quelques tabourets, mais, en revanche, un véritable luxe de grands vases de cuivre cloisonnés ou de porcelaine, — objets de valeur énorme chez les gens à grosse fortune, — mais partout pleins de gerbes de fleurs arrangées avec une grâce toute spéciale : il existe au Japon un « art du bouquet » très estimé, ayant ses professeurs.

Ces vases sont invariablement posés à terre sur les nattes épaisses (*tatamis*) que l'on trouve partout, aussi blanches, aussi nettes, aussi immaculées chez le pauvre que chez le riche : elles garnissent le palais même de l'empereur.

C'est afin d'éviter la plus petite souillure à ces nattes qu'il est d'usage absolu, en ce pays, aussi propre que cocasse, de déposer ses chaussures dans le vestibule. On entre en simples chaussettes de coton; un doigt séparé loge le pouce.

Bien entendu, derrière l'habitation se trouve l'éternel jardinet prétentieux, aux allées tracées, dirait-on, pour des promenades de nains.

Il y a de tout en ces quelques mètres : lacs à tenir dans un godet, montagnes qui seraient chez nous de simples fourmilières, vallées plantées de malheureux arbres rabougris, noueux, ayant l'air très vieux, maintenus, grâce à l'on ne sait quelle torture, à une hauteur de soixante à soixante-dix centimètres. Jardin joujou où la vive Oyouki, habituée à s'ébattre au milieu de l'immense parc du Yashkis, se sentait infiniment à l'étroit.

Pauvre fillette! quelle lamentable vie commençait pour elle! Chaque jour, sa tutrice, raide de nature comme un baliveau, semblait s'enraidir encore. Les remontrances, d'abord assez modérées, se firent insensiblement aigres-douces, puis coléreuses, violentes; ce fut bientôt une tyrannie tatillonne et incessante.

Du matin au soir, l'insupportable voix méchante retentissait dans la maison sonore.

« Oyouki, tenez-vous droite. Oyouki, vilaine goulue, voulez-vous bien ne pas manger ainsi? Vous vous rendrez malade. »

Or, la petite mangeait à peu près comme un oiseau.

Une minute après :

« Oyouki, ne parlez pas si haut, je ne suis pas sourde, sapristi! Vous me fendez la tête... Bon! voilà qu'on ne l'entend plus maintenant. Quel être! quel être! »

A l'en croire, la mousmé était, en dépit de son apparente douceur, un vrai petit monstre. La kyrielle des défauts défilait au grand complet :

Paresseuse,

Gourmande,

Menteuse,

Coléreuse,

Orgueilleuse,

Fausse.

Oh! surtout fausse; on n'avait pas idée de cela!

L'air confit, avec des résignations langoureuses de martyre, Kikou-San confiait son malheur à ses bonnes amies.

« Oui, mes très chères, c'est comme je vous le dis, cette enfant mal élevée par son père, par sa nourrice, cette enfant ingrate, dissimulée, me fera mourir de chagrin.

— Ah! pensait le bon Sato qui l'entendit un jour, si la chose pouvait seulement s'accomplir séance tenante, quel débarras! car, dit le proverbe, — et les proverbes ont toujours raison, — « morte la bête, mort le venin. »

Dissimulée, la franche Oyouki! Ah! non, certes, mais glacée rien qu'à voir sans cesse le déplaisant visage de la vieille harpie, figé dans la même expression rêche et sévère. Petit à petit même, une répulsion dont l'enfant, tout en en souffrant, ne se rendait pas bien compte, s'éveillait en elle.

Oui, Oyouki se taisait, devenait muette, faute, hélas! la pauvrette, de trouver un cœur à qui confier la grosse peine de son cœur méconnu, meurtri.

Hélas! qu'étaient devenus les jours de joie, de liberté, d'expansion, où, choyée, caressée, protégée de tous, la fille du Kou-gé envoyait aux échos du palais paternel l'éclat de ses jolis cris, de ses jolis rires!

Cependant si, il y avait quelqu'un, l'humble jardinier dont les bons yeux disaient la pitié pour le paria. Certes, c'était quelque chose, une petite consolation, mais bien restreinte, cousine interdisant tous rapports avec la domesticité en dehors de sa présence, ne permettant pas une parole adressée aux gens de service. Il est vrai qu'en ce qui concernait les bonnes, l'enfant n'y perdait guère, étant donné qu'à l'exemple de leur maîtresse elles se montraient à qui mieux mieux laides, grognons, maussades, comme si on les eût payées pour cela.

Restait le jeune chat Zikito, Zikito-San, ainsi que le nommait respectueusement Sato ; mais la jolie bête aux trois couleurs, malicieuse autant qu'un singe, avait la patte déplorablement leste et traîtresse, et il ne fallait pas trop compter sur la fidélité de son affection; d'ailleurs Oyouki aimait médiocrement les individus de la race féline.

Ah! qu'un bon toutou aux bons regards humains, si aimants, eût autrement fait son affaire ! Mais voilà, la tendre Kikou ne pouvait pas les souffrir.

Abominablement avare, la mégère en arriva à regretter même le peu d'argent dépensé pour sa pupille, et le budget n'était pas lourd cependant.

Chercher à regagner, grâce à de sordides économies, une partie de ces dépenses lui devint une véritable obsession.

Bientôt la fille du noble Kou-gé fut vêtue à la façon d'une servante.

Très fine, M^me Kikou expliquait tout admirablement :

« Cette petite a des goûts effrénés de coquetterie. Il faut briser immédiatement, énergiquement, ces regrettables tendances, et ce n'est pas facile. »

Ici la bonne âme essuyait une larme de crocodile :

« Mais je l'aime tant, tant, voyez-vous, que mon courage ne faiblira pas. »

La mauvaise rognait jusqu'à la nourriture; Oyouki eut souvent faim.

Sa petite âme d'enfant gelait dans cette atmosphère de pôle nord; cependant, son excellente nature, toujours prête au bien, faisait effort, et l'innocente espérait, envers et contre tout, finir, à force de douceur et d'obéissance, par amollir le triple airain dont était fait le cœur de la vieille.

Elle eut souvent le courage de se frotter à ce paquet d'épines, essaya de ces timides caresses qui ravissaient autrefois son père et sa Dédé. Peine perdue, les épines la déchiraient et... c'était tout.

« Bah! des singeries, des grimaces, grognait Kikou, on ne m'y prend pas. »

Au bout de deux ou trois mois de ce régime réfrigérant, Oyouki perdit les jolies couleurs de ses joues, ces délicates couleurs roses qui sont une exception au Japon.

Dans cette triste maison où il ne fallait ni chanter, ni bouger, ni parler, elle languit, son visage s'altéra; son regard si franc, si heureux, s'éteignit; elle ne rappela presque plus la belle fillette de nature ouverte, de santé glorieuse, qui promenait naguère si triomphalement Mⁱˡᵉ la Lune dans le char aux chimères d'or.

Sans cesse brutalement arrêtée dans ses essais de jeu, dans ses essais d'expansion, elle devint, elle, le gai et gentil écureuil d'autrefois, renfermée, tranquille, trop tranquille. De continuelles rêveries où passaient et repassaient perpétuellement les souvenirs si chers du passé, les regrets cuisants, la minèrent.

Chose abominable, la terrible cousine, foulant aux pieds toute honte, en arriva à faire de cette fille de son sang, de la faible créature confiée à son honneur en un moment si solennel, presque une servante, servante dont elle ne fut jamais contente d'ailleurs.

Tremblante, la malheureuse petite perdait la tête en recevant un ordre, et, affolée, maladroite, tachait ou cassait tout; Kikou-San osa la frapper.

Ce fut affreux. Oyouki sentit son cœur s'arrêter d'abord, puis battre

Kikou-San osa la frapper.

à l'étouffer. Les larmes affluèrent à ses yeux, larmes qu'en son juste orgueil elle sut retenir.

Dans ce nouveau train des choses, l'acariâtre Kikou eût été pleinement et définitivement heureuse si sa pupille ne lui avait rien coûté. Cette nature pétrie de fiel aurait senti un insigne plaisir à tyranniser cet agneau. Elle imagina pour le tourmenter de diaboliques trouvailles.

Sato-San en frémissait de rage rentrée, scandalisé des besognes imposées à la fille d'un Kou-gé, à une mignonne si aimable et si douce. — Kikou avait osé l'employer à la cueillette du thé, dans un de ses champs aux portes de la ville. — Il fit l'impossible pour lui venir en aide; ce fut très difficile, rien cependant ne le découragea; c'était un brave homme.

Vers cette époque la paix fut signée, pour la plus grande gloire du Japon.

« Hélas! pensait l'orpheline avec d'amers regrets, pourquoi mon pauvre père n'a-t-il pas vécu jusqu'à ces jours de triomphe dont il eût eu tant de bonheur, tant de fierté! »

Cependant, ainsi que l'avait prévu Rakemo, la guerre était à peine terminée que les troubles intérieurs, les grèves, les révoltes, réapparaissaient, tantôt sur un point, tantôt sur un autre de l'empire.

Des meneurs recommençaient à battre le pays; Kioto, ville à peu près sans commerce, sans industrie, conservait cependant sa tranquillité. Parfois riant pour ne pas pleurer, Sato-San disait à sa jeune maîtresse :

« Il y a tant d'orages dans cette maison que cela suffit pour toute la ville. »

L'orpheline vivait depuis un an sous le toit de sa cousine, qu'elle n'avait encore reçu ni une félicitation ni un mot d'encouragement en récompense de ses efforts, qu'elle n'avait pas entendu une parole d'affection. Le bonheur pour elle consistait à n'être ni grondée ni frappée, à voir les petits yeux de Kikou, non pas satisfaits, — on ne demande pas l'impossible, — mais calmes seulement, rien que calmes.

Le temps passait, et la vieille dame cherchait, sans se lasser, un moyen pratique pouvant lui permettre de jouir des revenus de sa pupille sans avoir plus longtemps à la vêtir et à la nourrir.

Un beau jour, elle se frappa le front, triomphante : elle avait trouvé.

Il existe à Kioto une succursale très importante du collège des guéchas de Tokio. Ce collège est une sorte de conservatoire où l'on préparé les danseuses et les chanteuses destinées à paraître plus tard dans les fêtes officielles ou dans les réunions particulières de l'aristocratie.

Il y a là de mignonnes élèves de huit à neuf ans, nommées du nom gracieux de Hang-Gyokou ou Demi-Bijoux.

Ces fillettes, recrutées en général dans la classe pauvre, sont choisies parmi les plus jolies; leurs aînées, qu'elles ne quittent pas, les choient tendrement et les habituent à mille singeries aimables. A peine âgées de dix ans, costumées, peinturlurées comme des images, elles commencent à paraître en public.

Dès leur entrée au collège, leur nom est changé pour un autre, élégant, précieux, représentant toujours quelque chose de poétique :

Fleur de beauté,

Rayon de lune,

Sourire du matin, etc., etc.

Le métier est dur, le travail est pénible, assidu. Il faut apprendre l'art de mimer, de déclamer, d'exécuter au son d'une musique bizarre les danses héroïques et sacrées.

Et comme, dans ce surprenant Japon, rien ne doit ressembler à ce qui se passe ailleurs, l'on brise la voix de ces fillettes pour leur faire donner des notes dures, rauques, très appréciées des amateurs.

C'est là que Kikou-San, ivre de lucre, résolut de conduire la noble fille des daïmios, remise entre ses mains par un mourant.

Quant à ce qu'en pourrait penser le monde avec lequel il fallait bien compter, Kikou ne s'embarrassait pas pour si peu. L'événement serait présenté comme un sacrifice des plus pénibles, mais rendu nécessaire par l'écroulement de toutes les espérances nourries jusqu'ici.

Il n'y avait plus d'illusions possibles, dirait-elle, le ruine de l'orpheline était consommée. On ne pouvait pas en faire une ouvrière... Alors, quoi?

Ah! certes, cela lui coûterait bien des larmes à elle, la pauvre abandonnée, qui chérissait Oyouki comme une véritable fille; mais lorsqu'on aime les gens, n'est-ce pas? c'est à eux, à leurs intérêts seuls qu'il faut penser.

Or, pour assurer confortablement l'avenir, sa fortune était tout à fait insuffisante, certaines rentes devant mourir avant elle.

## VI

LE KOSEKKOU. — TOUT LE MONDE A LA JOIE. — EH BIEN, DANSEZ MAINTENANT!

La matinée de printemps que Kikou-San avait choisie pour signifier sa décision à Oyouki, se leva fraîche et rose, pleine de parfum. C'était jour de Kosekkou.

Le Kosekkou, fête par excellence des grands et des petits, est aussi celle de leurs chers cerfs-volants, distraction appréciée entre toutes, tranquillité des parents, délices des enfants.

Partout, sur les collines riantes, ils volent, volent et planent avec orgueil, peints de figures extravagantes représentant des monstres de cauchemar, des soleils, des lunes, toutes sortes de constellations connues, inconnues, biscornues. C'est une mêlée chatoyante, indescriptible.

On se presse sur l'herbe des prairies; marchands de bonbons au poivre, de crevettes farcies, d'algues, de riz cuit à l'eau, circulent parmi la foule, sans cris, polis, souriants. Des mousmés jouent de l'éventail, se saluent, papotent; et les mamans surveillent les jeux tout en fumant d'innombrables petites pipes. Bénins, souriants, les papas savourent tranquillement le saké ou vin de riz fermenté, pendant que la gentille marmaille, enragée de plaisir, souffle éperdument dans ces grandes trompettes de cristal qui imitent à s'y méprendre le gloussement du dindon.

Des coolies, des djins, se font, avec force saluts, en attendant le client, des politesses à mourir de rire :

« Vos Grandeurs doivent être très fatiguées.

Partout ils planent.

— Mais non, pas du tout, Vos Grandeurs se trompent; merci du précieux intérêt.

— Pour quel cerf-volant parie Votre Excellence ?

— Pour le grand vert à tête de dragon, cher seigneur. »

Il n'est pas de peuple plus poli sur la terre : la langue japonaise n'a pas de mots insultants.

La plus vive attraction de ce jour de suprême liesse est, quand le soleil baisse à l'horizon, la *mort* des cerfs-volants.

Une guerre commence alors, ardente, sans merci. En vue de la lutte, les ficelles plates et coupantes ont été couvertes d'un enduit spécial imprégné de verre pulvérisé : il s'agit de couper, par une manœuvre habile, la corde de son voisin. On s'agite, on se démène, on s'enflamme ; durant ce temps, d'adroits loustics, armés de longs bambous, s'escriment de façon à attraper les vaincus au moment de leur chute. Tout cerf-volant dépossédé de sa ficelle devient la propriété du plus alerte à s'en emparer. Il en est d'un prix considérable, en raison de leurs énormes dimensions, et surtout du plus ou moins de valeur de leurs peintures.

Enfin, quand, toute ronde et nacrée, la lune se montre au-dessus des montagnes, les lanternes de couleur s'allument, et les rues pavoisées, que parcourent des bandes de musiciens armés de crécelles et de claquebois, s'illuminent. C'est l'heure du retour ; papas, mamans, mousmés et mouskos portant leur cerf-volant, — en général assez mal arrangé, — s'en vont bavardant, trottinant, retrouver, dans la maisonnette de papier, la natte de famille qu'abrite la moustiquaire de gaze bleue, où les attendent les doux rêves... et quelques moustiques oubliés.

Accoudée sur la balustrade de la terrasse, Oyouki regardait tristement disparaître les dernières lanternes, prêtant l'oreille aux derniers cris joyeux.

Hélas ! quel beau jour c'était autrefois pour elle que cette fête du Kosekkou ! Son père, le fier Kou-gé, l'aidait, en compagnie de Dédé, à lancer ses cerfs-volants, les plus beaux, sans conteste, de la ville.

Père ! Dédé ! A ces noms si chers, ses yeux se remplissaient de larmes. Comme elle était seule, seule, abandonnée, aujourd'hui !

Soudain une main sèche et dure tomba brusquement sur son épaule frêle, et la voix irritante de Kikou cria :

« Allons, c'est assez muser, faites-moi le plaisir de rentrer, et un peu plus vite que ça ; j'ai à vous parler. »

Cette voix, qui lui faisait toujours mal aux nerfs, sembla à Oyouki, sans qu'elle sût s'expliquer pourquoi, pleine de menaces ; elle suivit l'altière vieille avec des mouvements inquiets de chien battu.

Toutes deux s'accroupirent sur les nattes blanches.

Les servantes avaient placé la lampe allumée dans sa grande guérite de papier blanc, peinte, selon l'usage, d'une énorme chauve-souris, ornement tout à fait dépourvu de gaieté.

Kikou se recueillit un instant, puis entra résolument dans la question :

« Je vous annonce, Oyouki, que nous nous séparerons demain. »

Un soupir de soulagement aussi éloquent que si elle eût dit : « Enfin, » échappa à la pauvre petite.

Kikou continua, amère :

« Vous voilà bien heureuse, n'est-ce pas ? Oh ! vous ne vous donnez même pas la peine de feindre. »

Oyouki ne protesta pas ; sa curiosité s'éveillait. Où allait-elle aller ? qu'allait-elle devenir ?

La charitable cousine ne lui fit pas attendre l'explication :

« Oui, demain, dès huit heures, je vous emmène au collège des guéchas ; vous y entrez comme élève, tout est convenu, arrangé. »

A ces mots, l'enfant bondit sur ses pieds, et une étrange colère monta dans ses yeux. C'était invraisemblable, phénoménal, mais il n'y avait pas à s'y méprendre ; obéissant à un sentiment indéracinable de fierté, Oyouki se révoltait. Elle protesta, toute vibrante :

« Chez les guéchas, moi, moi, fille de race noble, descendante de tant de héros ? Moi, une danseuse, une ballerine !... Oh ! cela, cousine, non, jamais ! »

Devant cette explosion inattendue, Kikou demeura d'abord stupéfaite. Trompée par la longue endurance de sa victime, elle crut avoir mal entendu; puis, ne pouvant douter, sa face chafouine s'imprégna de méchanceté, et, persiflante, ricanante, elle se moqua :

« Mademoiselle la descendante de race noble, fille de Kou-gé, désire-t-elle qu'on lui passe un encensoir? »

L'ironie n'eut pas de prise sur Oyouki; le malheur avait développé en cette enfant une intelligence bien au-dessus de son âge, une énergie cachée, mais puissante. Elle répondit, tranquille, décidée :

« Je ne demande rien d'impossible ni de ridicule, ma cousine; je vous déclare seulement que je n'entrerai pas dans ce collège, parce que je regarderais cela comme une action mauvaise, un outrage impardonnable à la mémoire de mon père. »

Kikou, de plus en plus stupéfiée, retint un moment l'explosion de sa colère; sa voix s'étranglait dans sa gorge. Enfin, un peu plus sûre de son éloquence, elle lâcha toutes les écluses de ses fureurs :

« Ah! vous n'y entrerez pas, mademoiselle sans le sou. Eh bien, sachez que je suis lasse de vêtir et de nourrir une paresseuse, une ingrate comme vous, et qu'étant votre tutrice de par la loi, je vous forcerai bien à m'obéir. »

Une sans le sou! Le mot sonna cruellement aux oreilles de la pauvre enfant. Elle y crut, n'eut pas un instant le soupçon de l'odieux mensonge.

Ainsi, c'était la charité de sa parente qui la faisait vivre : donc, si méchante que fût cette parente, elle lui devait de la reconnaissance?

Dans sa détresse, l'enfant se jeta à ses pieds.

« Oh! cousine, pardon, pardon, je ne savais pas. Mais je vous en conjure, ne m'envoyez pas là-bas. J'aimerais mille fois mieux, voyez-vous, le sort des malheureuses ouvrières qui préparent la feuille du thé. »

Oyouki faisait allusion à ces pauvres femmes qui travaillaient souvent durant la nuit entière, et cela en plein été, dans des usines à feu continu, ou qui, l'hiver, sous la neige, se rendent au travail avant quatre heures du matin pour y demeurer jusqu'à six heures du soir. Kikou l'interrompit :

« Vous ne savez pas sans doute que les petites filles de huit ans fournissent elles-mêmes douze heures de travail, alors que, selon la loi, elles devraient aller à l'école : cela vous refroidira, je pense.

— Oui, cousine, je le sais. Eh bien, je tâcherai de me montrer aussi courageuse que ces pauvres petites; mais mime, danseuse, non, je ne pourrais pas. Tout mon sang se révolte à cette pensée. »

Son œil dilaté regardait dans le vide; on eût dit que devant elle passaient, dans leur terrifiant appareil de guerre, les daïmios, ses ancêtres, portant fièrement leurs costumes éblouissants de richesse, leurs casques lourds surmontés de cornes, figurant des mufles d'animaux fantastiques, leurs armures en mailles de fer, de cuivre, d'acier, si hautes et si lourdes, qu'à peine les hommes dégénérés d'à présent les peuvent-ils soulever.

Quelques-uns d'entre eux, au cours des guerres civiles, furent condamnés au supplice du Harakiri, — c'est-à-dire à s'ouvrir le ventre, de par ordre impérial. — Or, il n'y avait pas d'exemple qu'un seul eût poussé quelque plainte en ce moment fatal où ses amis assemblés le regardaient mourir. Tous, partis dans la paix d'un tranquille courage, écrivirent leurs dernières volontés avec un pinceau trempé dans leur sang.

Et Kikou voulait que la fille de ces morts héroïques s'en fût, triste ballerine, mimer et chanter dans les fêtes de ses pairs? Mais c'était impossible, odieux.

Elle pria, supplia, pleura, se tordit les mains sous le regard aigu et froid de la mauvaise; tout fut inutile; cerveau buté, cœur durci, n'ont pas d'oreilles.

« Demain, à l'heure dite, vous serez chez les guéchas, et vous tâcherez de vous y tenir convenablement. »

Un court silence fit entr'acte; Kikou jouissait de son œuvre; puis, comme dernière méchanceté, l'atroce fille jugea à propos de lancer cette flèche du Parthe :

« Allons, dormez bien, la belle, et faites de beaux rêves; par

exemple, que vos aïeux, sortant de leurs tombes, prennent d'assaut
le collège des guéchas, vous enlèvent et vous placent, auguste et
rayonnante impératrice, sur le trône du Japon. »

## VII

UN TAS DE BONNES PETITES CRÉATURES. — QUELQUES CONSOLATIONS
DANS LE MALHEUR

Lorsque notre jeune héroïne se réveilla le lendemain, après une
excellente nuit, l'aube éclairait à peine les plus hautes cimes des
montagnes.

Elle s'étonna. Comment, avec ce gros chagrin sur le cœur, avait-
elle pu faire un si long et si paisible somme?

Ah bien! ce n'étaient pas mesdames ses très nobles et très fières
aïeules qui eussent dormi comme elle, à poings fermés, sous la
menace d'une aussi fâcheuse et humiliante aventure!

Vraiment, cette façon de faire manquait de noblesse, et Oyouki
leur demandait pardon, très en colère contre elle-même.

Elle ignorait encore que le chagrin, qui fait veiller les grands,
endort au contraire les petits. Pleurer, se désoler, est si fatigant pour
l'enfance!

Mais maintenant toute sa peine lui revenait.

Cousine avait dit : « Nous partirons à huit heures. » Que c'était
vite, que c'était près!

Elle consulta sa montre, bijou charmant venu de Paris, un des
derniers cadeaux de son père. Six heures!

Déjà mille bruits s'éveillaient. Juste au-dessous de sa chambre, la
terrible Kikou allait, venait, grognassant et grondant selon sa coutume.

De ses grandes mains maigres, aux phalanges nouées, qui prenaient dans le mouvement un faux air de bêtes méchantes, elle dis-
tribuait, parcimonieuse, les provisions du jour.

Seule, elle arrangeait sur les plateaux minuscules, vrais ustensiles de poupée, le petit déjeuner sommaire qui suffit chaque matin au mince appétit japonais : deux pruneaux verts confits dans du vinaigre, roulés dans du sucre, accompagnés d'une légère tasse de thé. Au Japon, l'on mange pour rire, et, chose assez remarquable, sans s'en porter plus mal.

Ce succulent repas pris, on s'occupa de la toilette. Oyouki fut revêtue de ses plus beaux atours, et la cousine trouva moyen, à l'imitation de notre illustre Cadet-Roussel, de faire quelque chose des quatre cheveux et demi que voulait bien lui laisser encore dame Nature : il est vrai que ce fut long, car, ainsi que le déclarait Kikou elle-même, les postiches n'ont pas été inventés pour coiffer les bornes des chemins.

Oyouki ne quittait pas sa montre des yeux. Ça trottait-il! Ça trottait-il!... Il fut sept heures; il fut sept heures et demie.

Maintenant, la noble dame entassait dans les vastes manches de sa tunique, manches qui servent couramment de poches, un véritable bazar : attirail à fumer, petits papiers-mouchoirs pour l'usage de son vénérable nez, de ces papiers que les Japonaises jettent n'importe où après s'en être servies, d'un air si délicatement dégoûté; glace, bonbonnière, porte-monnaie.

Un quart d'heure s'écoula encore dans ces actes honnêtes. Il fut huit heures, il fallut partir. Kikou se montrait un peu inquiète, un peu préoccupée.

Elle ne reconnaissait plus Oyouki, on lui avait changé sa pupille. La petite ne gardait rien de sa récente résignation de pauvre être opprimé, malgré tout très tendre, très affectueux; silencieuse, sombre, tout en elle semblait dire : « Je subis et ne cède pas. »

Et, de fait, il en était ainsi. Une idée s'ancrait en elle qui n'en devait pas sortir : « Je fuirai de là. » Quand? Comment? La triste révoltée n'en savait rien, on verrait plus tard.

Le trajet rapidement exécuté, les djins déposèrent leurs clientes devant le collège.

Un gros père à tournure de magot, portant le chignon de l'autre siècle, une petite mère qui eût tenu dans un fourreau à parapluie, — ménage préposé à la garde de la porte, — piquèrent respectueusement du nez sur le sol pour le salut réglementaire, puis, ce devoir accompli, introduisirent les visiteuses dans la salle d'honneur, où les attendait la directrice de la maison.

Oyouki aperçut des fillettes qui dansaient en se tenant par la main, essayaient des groupements, des poses, ou s'escrimaient à écrire au pinceau et à l'encre de Chine devant des tables basses. Une dans un coin, presque un bébé, avec de la gaieté et du rire dans ses petits yeux à peine fendus, amusante au possible dans la raideur de son grand camail, chantait au son du samicen[1].

Mais, à l'entrée des visiteuses, tout se tut, s'immobilisa, et Oyouki effarouchée devint le point de mire de tous les regards.

L'aimable troupe des Hang-Gyokou, poupées bariolées aux minois de ouistitis ou de gentils chatons, était là tout entière sous les armes, en grande tenue, nez en l'air, bouche entr'ouverte, laissant voir les dents pareilles à des grains de riz; elles dévisageaient la nouvelle, curieusement, certes, mais gentiment, sans moquerie malveillante, ainsi qu'il arrive souvent chez nous.

On connaissait son nom, son histoire. Une fille de Kou-gé!... toute une affaire! On n'en revenait pas.

Pendant que saluts et plongeons s'échangeaient énergiquement entre Kikou et Mᵐᵉ la grande maîtresse, quelques guéchas s'emparaient d'Oyouki, qui se crut noyée en des abîmes de musc, en des océans de santal.

On s'accroupit enfin en cercle sur les nattes; la vilaine bonne femme prit la parole et, avec des mots citron-vinaigre, recommanda à sa façon sa pupille.

Elle était désolée de dire ces choses, mais l'intérêt bien compris d'Oyouki lui en faisait un absolu devoir.

« Je ne saurais exprimer, chère madame, à quel point je suis heu-

1. Sorte de guitare à trois cordes.

reuse de vous confier cette enfant. La tâche vous sera pénible, vous devrez vous armer d'une sévérité inlassable; car, hélas! la nature de cette petite est foncièrement mauvaise : sournoise, paresseuse, orgueilleuse, égoïste; je vous prierai donc de vous montrer... »

Ici, la grande maîtresse, ennuyée, coupa la litanie :

« Bon, bon, chère madame, tout cela est entendu, on fera le nécessaire; mais, en attendant, la forme visible de ce petit monstre me semble tout à fait gentille. »

Elle se tourna vers Oyouki, pâle de chagrin et de honte.

« Voyons, pauvre chou, approchez, regardez-moi. Voilà pourtant des yeux parfaitement francs et limpides et qui regardent droit. Voulez-vous bien ne pas trembler comme ça! On ne mange pas les petites filles ici; non, non, à aucune sauce. A la bonne heure! La voilà qui rit. Vous verrez, madame, nous en ferons quelque chose. »

Kikou eut une laide grimace; l'affaire n'allait décidément pas selon ses désirs. Elle se leva pour prendre congé. Ses adieux à sa pupille furent saupoudrés d'épithètes plutôt malsonnantes :

« Allons, adieu, je vous laisse. Vous avez donc juré, petite sotte, de m'exaspérer jusqu'au bout? Voulez-vous bien quitter cette posture de victime!

« Quant aux stupides rengaines que vous me débitâtes hier, je vous engage vivement à ne pas les recommencer. D'ailleurs, à quoi bon? Vous êtes encore trop heureuse d'être ici; j'ai juré que vous y resteriez, et vous y resterez. Là-dessus, au revoir et soyez sage. »

Et comme Oyouki murmurait quelques mots inintelligibles :

« Hein? Quoi? Vous protestez? »

Rien ne répondit; après un vague essai de prière, l'enfant se retranchait à nouveau dans un silence dédaigneux.

« Éclat de Monts Vermeils » — tel était le nom un peu longuet dont s'honorait la remarquable grande maîtresse — reconduisit, avec toute la politesse puérile, mais extra-honnête, des adieux japonais, sa noble visiteuse jusqu'à la porte de la rue.

Et tant l'on se complimenta, congratula, salua, que tout à coup,

dans une manœuvre maladroite, ce fut, poum! une effrayante colli-
sion des deux crânes. Celui d'Éclat des Monts pensa claquer.

Comme dureté, la boîte cranienne de Kikou-San ne le cédait en
rien à ce qui lui servait de cœur.

Là-haut, affectueuses et compatissantes, les guéchas s'empressaient autour de l'abandonnée. Très intéressées, les bonnes petites
Hang-Gyokou lui prodiguaient leurs encouragements :

« Tu verras, on est très heureux ici ; on t'aimera bien ; tu auras
des robes couleur de la lune, du soleil et des étoiles, puis quand tu
sauras suffisamment chanter et danser dans les fêtes, on te donnera
des pompons d'argent, des fleurs, des bijoux. »

Hélas! bien que très attendrie et reconnaissante de tant d'effusion,
de tant de grâce, la fière enfant du Kou-gé ne comprenait pas les
choses de la même façon ; le sentiment de sa déchéance de fille noble
demeurait inaltérable dans son cœur. Non, décidément, ce n'était pas
là sa place. Alors, avec un petit geste crâne qui demeura incompris,
elle se jura une fois encore à elle-même — ce serment vaut bien
celui fait à un autre — qu'elle saurait certainement, tôt ou tard,
faire le nécessaire pour échapper à ce qu'elle regardait comme un
opprobre.

## VIII

TRAVAUX CAPILLAIRES. — SATO-SAN REPARAIT. — TOUCHANTE ADOPTION

Vraiment, pensait quelque temps après Oyouki, c'était tout de
même gentil ce collège, et si elle ne se fût crue appelée — en raison
du passé des siens — à une existence tout autre, plus noble, elle
s'y serait certainement trouvée heureuse. Ses petites compagnes, —
véritable armée de diablotins en gaieté, — aimantes et bonnes d'ailleurs, la chérissaient.

Ce n'étaient, aux heures de récréation après les leçons de danse,
de chant, que jeux, rires, chansons.

Oui, on l'aimait et on le lui prouvait par mille prévenances, mille

gâteries; on accusait même tout bas — oh! sans la moindre ran-
cune — madame la grande maîtresse d'en faire son élève de prédilection, son chou-chou — le mot équivalent doit exister au Japon.

C'était, en vérité, une brave femme que cette excellente « Éclat
des Monts Vermeils », forte au physique et au moral.

Très poliment — cela va sans dire — elle avait envoyé promener
Kikou-San et ses venimeuses insinuations.

Les guéchas s'empressaient autour de l'abandonnée.

« Ta, ta, ta, chère madame! laissez-moi faire, je suis habituée à
l'enfance; je saurai débrouiller toute seule le caractère de mon élève.

« D'ailleurs je penche vers la douceur, moi, le système de l'ex-
trême sévérité ne m'ayant jamais semblé propre à développer la
franchise et l'intelligence. »

La directrice du collège en imposait singulièrement à la mégère,
éblouie par la majesté de ses allures, la somptuosité de ses ajuste-
ments couverts d'or, d'argent, d'oiseaux, de fleurs. Seules, les gué-

chas portent maintenant au Japon ces splendides robes que nous employons en général, quand elles les ont défraîchies, à faire des tentures, des dessus de piano ; les grandes dames s'habillent à l'européenne, ce qui leur va du reste fort mal.

Froidement accueillie, Kikou revenait cependant de temps à autre, et il ne fallait chercher là qu'un simple acte de curiosité.

Rien qu'à la voir arriver, renfrognée, hostile, triste à regarder comme une pluie de décembre, il semblait à Oyouki qu'on lui plaquait brusquement une carafe d'eau glacée entre les deux épaules.

Et elle n'était pas seule à subir cette impression : un sentiment craintif se lisait jusque sur les traits vagues, à peine dessinés, des mousmés qui, mélancoliquement, baissaient leurs essais de nez plus ou moins camards vers le sol.

Peu à peu, les visites se firent plus rares, puis cessèrent. Oyouki était bien définitivement abandonnée.

Chose incroyable, elle en souffrit ; la cruelle cousine n'était-elle pas le lien unique qui la rattachait à son vieux, à son cher passé ? Elle regretta les jours amers vécus près de son bourreau dans la maisonnette de la montagne, se plongea dans une désolation de plus en plus tenace.

A la voir si mélancolique, avec un étiolement de plante enfermée, M^me « Éclat des Monts » redoubla de sollicitude, la quitta le moins possible, l'admettant même à la lente et solennelle édification de son étonnante coiffure.

La coiffure des Japonaises élégantes dure presque une demi-journée ; celle de la grande maîtresse, à laquelle s'escrimaient deux camérières, une vieille et une jeune, rappelant de façon fâcheuse la race simiesque, ne durait pas moins.

Il y avait un tas de choses extraordinaires par terre, sur les nattes, au cours de ces interminables séances : glaces de toutes dimensions, peignes, brosses, cosmétiques, épingles, essences, fleurs, pompons d'argent. Et du blanc, et du noir, et du rouge, et même... de l'or servant à dessiner un mince filet sous la lèvre inférieure. Toute

Nipponne appartenant à la classe aisée fait de son visage, dès qu'elle échappe à l'enfance, une sorte de tableau émaillé de toutes les couleurs de l'arc-en-ciel; cela rentre dans les usages de convenance sociale.

Naturellement, d'aussi beaux chignons ne se confectionnent pas tous les jours; aussi les Nippones sont-elles habituées toutes petites à un genre de supplice qui donne une haute idée de leur courage et plus encore de leur coquetterie. Pour éviter tout accident au superbe édifice, les malheureuses couchent la tête appuyée sur un étroit chevalet de bois. Et dire que l'on fait ces choses, et durant une vie entière, encore, sans y être forcé!

Oyouki assistait donc à la toilette, coupée de succulentes dînettes, égayée de récits pittoresques; mais tous les efforts de l'excellente maîtresse demeurèrent inutiles, la fillette souffrait, dépérissait.

Un jour, comme la pauvre petite prenait son samicen, on entendit soudain en bas un grand bruit de protestations, presque de dispute. Le gros petit père portier se démenait comme un beau diable, prétendant interdire l'entrée de la maison à un homme vêtu en jardinier. Celui-ci demandait instamment à parler à l'une des élèves, Oyouki-San.

La fillette entendit le nom, reconnut la voix peu mélodieuse de son humble ami Sato. Vite elle fit une prière aussitôt accordée à M<sup>me</sup> Éclat, et le visiteur, effaré, ahuri, fit son entrée, saluant tout, les gens et les choses.

A son bras se balançait un sac de toile verte dans lequel on ne savait quoi s'agitait. Oyouki s'avança vivement.

« Bonjour, mon bon Sato. Que je suis donc contente de te voir! Est-ce ma tutrice qui t'envoie?

— Pour ça non, mademoiselle, elle ne parle seulement jamais de vous.

— Alors, c'est de ton propre mouvement? C'est gentil d'avoir pensé à moi.

— Oui, mademoiselle, c'est moi tout seul. Je n'y tenais plus de l'envie de vous voir, et puis... et puis...

— Et puis quoi?

— Puis, il y avait Ziquito-San qui finissait par être trop malheureux, lui aussi, et je vous l'apporte, Ziquito. Oh! je sais bien que vous n'aimez pas beaucoup les chats, mais il vous distraira tout de même. »

Oyouki éclata d'un franc rire :

« Alors, c'est lui qui gigote dans ce sac? Et pourquoi est-il si malheureux, dis?

— Parce que madame défend absolument qu'on lui donne à manger; elle dit qu'il doit se contenter des souris, et voilà, poussé par la faim, Ziquito s'est tant démené qu'il n'y a plus de souris. »

Le visage d'Oyouki s'attrista; se tournant vers « Éclat des Monts Vermeils » :

« Je vous en prie, madame, permettez que cette pauvre bête demeure ici; vous me ferez tant de plaisir!

— Vraiment? Eh bien, mais gardons-le, cet infortuné. Un de plus ou un de moins! D'ailleurs nous en avons, nous, des souris. »

Enchanté, Sato ne se le fit pas dire deux fois. Il ouvrit le sac, et un animal fantastique, sorte de squelette vivant, en sortit comme poussé par quelque ressort caché. Il sauta tout d'abord sur une étagère, puis de là, au grand effroi des assistants, bondit d'un élan prodigieux sur la tête auguste de madame la grande maîtresse et s'y maintint, les quatre pattes réunies au sommet de la coiffure, le dos en arcade, la queue haut dressée. Quel événement!

Ce furent des cris, un tohu-bohu indescriptible :

« Ne bougez pas surtout, il grifferait.

— Attendez, on va vous en débarrasser.

— Ah! l'impertinent!

— Le malappris!

— Quel malheur! »

Mais tout d'un coup, comme l'on cherchait les moyens de sortir au plus vite d'une situation aussi dramatique, Ziquito, revenu de lui-même au sentiment des convenances, descendit doucement, précautionneusement, chaussant ses griffes de velours, sur l'épaule d'a-

Il ouvrit le sac, et un animal fantastique...

bord, puis sur les bras de M^{me} la grande maîtresse. Éclat des Monts

4

venait de donner, en restant immobile et calme dans un pareil danger, une nouvelle preuve de sa belle force de caractère.

De plus en plus rassuré, l'intelligent animal crut pouvoir entreprendre la conquête de la dame...

Monsieur ronronna, monsieur se frotta contre ses joues, contre son menton, prit des airs ravis de triste abandonné qui trouve enfin ce qu'il désire. Tout cède à la douceur; il gagna sa cause, obtint son pardon.

Ziquito était adopté à l'unanimité.

Maintenant, la tête en ébullition, Oyouki réfléchissait.

Elle passait sa vie à chercher dans sa jeune cervelle, à propos de sa fuite, des idées étonnantes, qui d'ailleurs ne venaient guère. Cette fois, elle se dit qu'il fallait profiter d'une occasion peut-être unique, et un plan hasardeux s'ébaucha dans son esprit; un peu d'espérance germa en elle.

Très calme, en apparence du moins, elle s'adressa à la grande maîtresse :

« Seriez-vous assez bonne, madame, pour autoriser mon bon Sato — il n'y avait que lui pour m'aimer là-bas — à visiter l'admirable jardin du collège? Je suis sûre qu'en sa qualité de jardinier il en meurt d'envie; pendant ce temps j'écrirai, si vous le permettez, quelques mots à ma cousine, et il les lui remettra. »

Le tout semblait si simple, si naturel, qu'Éclat des Monts consentit sans la moindre défiance.

L'exécution du fameux plan commençait.

## IX

### UNE ÉVASION A RENDRE M. DE LATUDE JALOUX. — SOUS LES ÉTOILES

Oyouki maniait très habilement le pinceau; elle eut tôt fait, retirée dans le dortoir solitaire, de rédiger une éloquente et pressante missive à sa nourrice :

« Ma bonne Dédé,

« Bien vite et en contrebande je t'écris ces deux mots, que mon fidèle Sato te fera parvenir.

« Nourrice, nourrice! cousine Kikou a osé me placer au collège des guéchas.

« Guécha, moi, la fille de Rakemo Sama! Naturellement, j'en meurs de chagrin; je suis si changée, toute pâle et maigriotte, que tu ne me reconnaîtrais pas.

« Tu comprendras, n'est-il pas vrai, qu'il faut à tout prix que je sorte d'ici, et il est grand temps, je t'assure. Si les morts pouvaient parler, mon pauvre père t'ordonnerait de m'y aider.

« Envoie un peu d'argent pour moi à Sato; quand je serai redevenue riche, et ça ne tardera pas, car j'ai mon plan, je te rendrai ça.

« Il ne m'en faudra pas beaucoup, parce que, dans la crainte de poursuites, je n'oserai jamais prendre le chemin de fer, et on ne dépense guère en voyageant tantôt à pied, tantôt en djin-richi-cha.

« Je ne sais trop comment je m'arrangerai, mais sois sans crainte, j'arriverai toujours; donc prépare dans ta jolie maisonnette une natte, une moustiquaire, et surtout beaucoup de tendresse et de baisers pour ta petite Oyouki qui t'aime. »

Ceci fait, l'enfant griffonna quelques mots à l'adresse de sa cousine, puis descendit prestement au jardin. Sato l'attendait, en extase devant les petits rochers, les petites cascades, les petits abîmes, les petites rivières, les petites divinités qui le peuplaient.

Tranquillement, d'un air détaché, elle s'assit sur un banc de bois sculpté offrant la forme tortillée d'un dragon très en colère. Ostensiblement, l'une cachant l'autre, elle lui remit les deux lettres. Elle s'expliqua, lui dit ce que contenait la lettre pour Dédé et ce qu'elle attendait de lui.

« C'est entendu, mon bon Sato; dès que tu auras reçu l'argent, tu viendras d'abord dans la journée, sous prétexte de demander des nouvelles de Ziquito; je saurai ce que cela signifiera, c'est-à-dire que le soir même, vers onze heures, maisons closes et gens endormis, tu seras sous la fenêtre du dortoir. Il donne précisément sur une ruelle déserte; un énorme tronc de glycine entoure la fenêtre, j'aurai soin d'huiler les coulisses des panneaux. Rien de plus facile que de te jéter le menu paquet que j'aurai préparé, puis de descendre le long de ce tronc, dont j'étudierai la forme à l'avance. »

Sato écoutait les yeux écarquillés, en proie à un ahurissement inexprimable :

« Mais, mademoiselle, on vous entendra faire vos préparatifs; puis, si malheureusement la surveillante ne dormait pas?

— Eh bien, en admettant que nous rations notre expédition une première fois, nous recommencerons une seconde, voilà tout. D'ailleurs, je ferai moins de bruit qu'une souris, et si tu savais comme on dort bien chez nous! La surveillante ronfle même tellement quelquefois qu'on dirait un soufflet de forge. »

Inquiet, mal persuadé, Sato chercha d'autres arguments :

« Mais vous déchirerez vos petites mains et vos petits pieds à cette glycine.

— Bah! ils ne sont pas si délicats depuis que cousine me fit si rudement travailler; ce n'est pas haut, du reste, le rez-de-chaussée est si bas! la chose ne vaut pas la peine d'en parler.

— Mais voyager à pied, ce sera terrible. »

Le brave homme s'attendrit :

« Comme une vagabonde! Le soleil sur la tête le jour, la rosée la nuit.

— D'abord, Sato, nous sommes en automne, et le soleil me sera plutôt très agréable; de plus, je ne m'aviserai pas de courir les chemins aux heures de rosée.

— Bon! mais si vous alliez perdre votre argent, connaître la misère, la vraie misère !

— Oui, je sais, les jours sans thé, sans riz, et les nuits sans gîte de ces malheureux chemineaux dont j'ai si grande pitié. Quel trembleur tu fais, mon ami! Sois tranquille, je ne serai pas assez sotte

pour perdre ma bourse ou me la laisser voler; et puis, au petit bonheur! Qui ne tente rien n'a rien.

« Là-dessus, pars, et vivement; on finirait par trouver que nous
causons bien longtemps. Ah! n'oublions pas l'essentiel. Il faudra que
tu m'apportes un costume de marchande ambulante et un de ces
légers éventaires garni de petites pipes et d'éventails que je serai
censée vendre.

« Tout est bien compris, n'est-ce pas? Oui? Eh bien, au revoir,
mon bon Sato, et grand merci. »

Une dizaine de jours plus tard, l'excellent homme reparaissait,
venant voir, disait-il, si Ziquito San s'habituait et avait engraissé.
Comment donc! mais monsieur commençait déjà à se montrer dodu,
en bête tendrement soignée qu'on s'applique à faire festiner cinq ou
six fois par jour.

A la vue de son humble ami, le cœur d'Oyouki battit à l'étouffer,
et brusquement elle sentit ses jambes de coton. Ce fut, d'ailleurs, sa
seule défaillance; le reste du jour, la vaillante fillette, tout enfiévrée
de résolution et de courage, prépara sa fuite. Demi-pleurant, demi-
riant, elle écrivit avant tout une lettre pleine d'affection, de reconnaissance, à M^{me} la grande maîtresse. Éclat des Monts Vermeils lui
avait été maternelle et douce, et elle l'aimait. L'enfant la chargea de
ses tendres adieux à ses petites compagnes, puis prépara les quelques objets indispensables au voyage, le moins possible; elle achète-
rait de quoi changer de linge et de vêtements en route.

Vers le soir, afin de n'avoir pas à se débarrasser au dernier
moment de ses lourds et riches vêtements de guécha, Oyouki pré-
texta une migraine et se jeta sur une natte en légère robe de des-
sous.

Dès lors, les heures lui semblèrent se traîner avec une lenteur
fantastique. Enfin la nuit vint, apportant son mystère; des semis d'é-
toiles s'allumèrent sur le grand vélum d'azur sombre.

Neuf heures sonnèrent; la surveillante amena au dodo la nichée
remuante et rieuse des Demi-Bijoux.

Peu après les rires s'éteignirent; toutes dormaient.

Décidément le hasard favorisait le plan de l'abandonnée. Depuis une heure une grosse averse tombait; l'eau descendit des hauteurs, glouglouta dans les rigoles invisibles courant sous les hautes herbes d'un grand verger proche, berçant les dormeuses de sa musique fraîche, couvrant jusqu'au bruit des ronflements de la surveillante.

L'heure décisive sonna. Prudemment, lentement, Oyouki se souleva sur sa couche, inspecta la salle. Tout sommeillait.

Avec des précautions de guerrier apache sur le chemin de la guerre, elle fit glisser les panneaux de papier dans leurs rainures.

Oyouki se disait que le danger était mince encore, car, la surveillante se fût-elle réveillée, l'eût-elle surprise, la chose n'eût pas été autrement grave, sa prétendue indisposition rendant plausible le besoin d'air. Et vraiment, comment aurait-on conçu quelques soupçons? Une fuite était chose inconnue dans ce collège, dont on briguait si ardemment l'entrée.

Hélas! hélas! brusquement l'averse s'était arrêtée, et, en dépit du savon dont la fillette l'avait oint dans la journée, le panneau grinça légèrement; les ronflements de la surveillante s'arrêtèrent, et elle remua sous la moustiquaire avec un léger soupir.

Malgré tous ses beaux raisonnements, la fuyarde s'arrêta toute tremblante. Quelques minutes passèrent, puis, sonores, majestueux, les ronflements reprirent de plus belle : tout était sauvé ou à peu près.

Oyouki se pencha; les nuages dissipés, la lune était apparue. Sato attendait, en bas, très ému lui aussi sans doute, car il avait ôté son couvre-chef et, les yeux fixés sur la fenêtre, il épongeait vigoureusement son crâne poli, qui faisait réflecteur sous la lune.

Oyouki lança son menu paquet, qu'il reçut avec adresse, puis, empoignant la glycine, elle descendit sans bruit. Ce fut facile; on y voyait presque comme en plein jour; Sato, du reste, l'enleva dans ses bras à mi-chemin.

Silencieux, il lui fit signe de le suivre et, à pas de velours, con-

tourna la maison. Devant la porte du collège, des ombres de chats
s'enfuirent, un fantôme de chien s'agita... sans voix, heureusement,
depuis des années.

A pas de velours, il contourna la maison.

Obliquant à gauche, ils entrèrent sous une voûte sombre de cèdres
géants conduisant à un temple; là, nul ne pouvait les voir ni les entendre; ils se concertèrent.

Oyouki s'aperçut alors seulement que Sato portait à la main, en sus de l'éventaire demandé, un petit balluchon de chemineau :

« Merci, mon bon Sat, merci ; je comptais bien sur toi, va ! Mais qu'est-ce que tu portes là ?

— Mon paquet.

— Ton paquet ? Pour quoi faire ?

— Pour vous suivre, donc. »

Elle sentit des larmes d'attendrissement monter à ses yeux.

« Brave Sato !

— Alors, vous voulez bien ? »

Elle réfléchit un moment :

« Eh bien, non, je ne veux pas.

— Oh ! et pourquoi ?

— D'abord, parce que tu n'es pas riche, vieux Sat, et que je ne puis te faire perdre ta place.

— Bah ! je ne suis pas embarrassé de mes bras ; j'en trouverai une autre, place.

— Puis, — et tu comprendras que j'ai raison, — parce que si l'on me poursuit, ainsi qu'il est probable, deux signalements nous rendraient plus faciles à reconnaître ; or, rentrer chez les guéchas, vois-tu, ce serait ma mort. »

L'excellent homme comprit : c'était juste, tout à fait juste, ce raisonnement ; seulement ça lui faisait de la peine. Il se moucha, renifla, s'essuya les yeux.

« Vous avez raison, mademoiselle ; que les dieux vous protègent. Vite, mettez votre nouveau costume sur votre mince robe de toile ; la pluie a refroidi la température. — Mais ce soir, où allez-vous coucher ?

— Nulle part, mon pauvre ami ; une arrivée aussi tardive dans une auberge éveillerait les soupçons. Voyons, ne t'agite pas ainsi, tu ne me quittes pas encore. Comme tu peux ne rentrer qu'au matin chez cousine, tu me feras escorte pendant ma première étape. Après, je ne voyagerai certainement plus la nuit, et je prendrai des djin-ri-chi-cha le plus souvent possible.

« Allons, en route ! »

Elle s'élança en avant, légère de ses douze ans récemment sonnés, toute réconfortée de beaux espoirs, et lui suivit, ravi de se sentir utile. Gaiement elle lui montra le ciel :

« Ça commence bien, regarde ; c'est fête là-haut ; les étoiles sont les guéchas, et la lune, grande maîtresse, règle le ballet. »

Elle pressa le pas, joyeusement, définitivement envolée vers le bel et dangereux pays de l'aventure.


## X

DOULOUREUSE SÉPARATION. — UNE VAILLANTE. — SUR LA ROUTE
DU TOKAIDO


Sur la route, légèrement bleuie par une lune d'automne, froide et claire, Oyouki trottait crânement à côté de son compagnon.

Un grand silence semblait tomber de là-haut avec les rayons lunaires. Au bord du chemin, les fossés faisaient d'étroites tranchées pleines d'ombre, et, sur les talus, l'herbe récemment mouillée étincelait d'une pluie de diamants.

De temps à autre, on rencontrait un de ces temples minuscules — si nombreux dans la campagne nippone — consacrés au dieu du riz, représenté par un renard blanc. Assise sur son... arrière-train, la bête allongeait vers le passant son museau narquois à l'expression humaine et méchante, et la fillette pressait le pas, secouée d'un frisson de peur.

Nombreuses aussi se comptaient les mélancoliques tombes d'enfant portant, gravée sur l'étroite pierre, l'image du dieu Yizo.

Armé d'une canne et d'une boule, c'est lui qui, gardien attentif, protège le repos des tout petits. Ces tombes n'effrayaient pas Oyouki.

La partie du Japon avoisinant Kioto est très peuplée. On traversait de pittoresques villages endormis, dont les maisons très anciennes, basses, noirâtres, portent sur leurs toits retroussés de véritables jardins d'iris.

Et toujours, au milieu de la large rue, un gai ruisseau courait, chantant, grondant autour des grosses pierres rencontrées.

Tout village qui se respecte possède, à l'ombre des cryptomérias, ses deux ou trois petites pagodes modestes et trapues.

Sato dirigeait sa compagne vers le Tokaïdo ou route de la mer Orientale. Cette voie, la plus grande, la plus antique du pays, le sillonne tout entier, traversant Tokio, Kioto, pour aboutir à la grande ville industrielle d'Osaka. Elle était bien déchue, la grande artère qui fut si vivante, si pittoresque aux temps des grands Shoguns, alors qu'y retentissaient jour et nuit le bruit des armes des samouraïs, les chants de guerre, et qu'y brillaient les lanternes des innombrables maisons de thé. Sato pensait avec raison que, sur cette route toujours extrêmement encombrée en dépit de la concurrence du chemin de fer, la fugitive avait des chances de passer plus inaperçue que sur des chemins à peu près déserts, où elle eût d'ailleurs risqué de se perdre.

Ils marchèrent durant des heures, se reposant parfois sur le mur bas de quelque jardinet.

Enfin, une lueur pâle, indécise, blanchit l'horizon. Aussitôt, des oiseaux s'éveillèrent, s'agitèrent dans les branches; des faucons coupèrent l'espace de leurs ailes aiguës, jetant leur grand cri : Han! han! qui s'entend d'un bout à l'autre du Japon.

Le chemin vert débouchait sur le Tokaïdo.

Sato s'arrêta, et tristement :

« Le jour paraît, mademoiselle; c'est le moment de vous quitter. Voici l'argent envoyé par Dédé-San; mettez-le en sûreté.

« Et à présent, si vous m'en croyez, entrez dans une maison de thé et reposez-y quelques heures; ce ne sera pas trop après les fatigues de la nuit. »

Oyouki secoua la tête :

« Non, mon brave Sat, non; j'ai trop hâte de m'éloigner de Kioto.

Je ne m'arrêterai aujourd'hui que le temps nécessaire aux repas ; mais, dès que quelque kango apparaîtra, je le prendrai et y dormirai, je t'assure, tout aussi bien que dans mon lit. »

Le kango, mode de locomotion autrefois très usité dans le pays, et qui, de nos jours, tend à disparaître, est une sorte de panier suspendu à un énorme bambou, que deux hommes portent — l'un en avant, l'autre en arrière — sur leurs épaules, s'aidant dans leur marche d'une haute canne de bambou. Un petit toit, sur lequel se posent les menus bagages, préserve du soleil ou d'une pluie légère le client à demi couché sur un mince matelas.

Cette promesse rassura quelque peu l'excellent homme.

« Alors, mademoiselle, que Kwannon, la déesse protectrice des voyageurs, vous mène à bon port. »

Il tamponna ses petits yeux où pointaient des larmes, essaya par deux ou trois vigoureuses aspirations nasales de les renfoncer, et répéta, la voix enrouée :

« Adieu, mademoiselle, adieu ! »

A vrai dire, Oyouki n'en menait pas beaucoup plus large, et des perles brillantes coulaient sur ses joues.

Touchée du dévouement, du chagrin de cet humble, elle fit bon marché de la distance qui les séparait, lui sauta tout simplement au cou, et, pendant un moment, tous deux mêlèrent l'amertume de leurs pleurs.

Et maintenant Oyouki était seule dans la vie, toute seule.

Longtemps elle regarda le bon jardinier s'éloigner, puis, quand il eut disparu à un tournant de la route, elle se remit bravement en marche.

Ses yeux gardaient encore une dernière larme ; mais à se sentir si vaillante, un peu de gloriole y brilla bientôt.

Au pays des esprits, les ancêtres devaient être fiers de leur descendante.

Elle marcha une heure encore. Un gai soleil réchauffait à présent la terre, séchait les fleurs perlées de rosée.

Venu des bonzeries[1] blotties à mi-hauteur sous la verdure, le son puissant des gongs éveilla soudain les formidables échos des montagnes.

La route se fit peuplée, remuante. Des coolies, porteurs de ballots d'étoffes, de caisses de riz, de porcelaine; des marchands d'eau-de-vie de saki, couverts de cet extraordinaire manteau de paille qui les fait ressembler à d'énormes hérissons, passèrent, courant à toutes jambes. Puis ce furent des cyclistes piquant l'air de leur front baissé, de leur échine courbée.

Une voiture de grand seigneur escortée de deux bettos, selon l'ancienne étiquette qui persiste encore dans certaines familles de la vieille aristocratie, croisa la voyageuse. Elle se souvint qu'il y en avait toute une équipe dans le palais de son père, demeuré très attaché aux coutumes antiques.

Ces bettos, tatoués comme des sauvages et uniquement chargés du soin des chevaux, trottent durant des heures entières aux côtés des voitures de leurs maîtres. L'entraînement leur fait des muscles d'acier, leurs jambes nerveuses ne connaissent pas la fatigue. L'opération du tatouage, qui s'exécute avec un poinçon acéré, est très douloureuse et amène presque toujours une fièvre ardente.

Le corps disparaît sous les dessins de diverses couleurs représentant toutes sortes de fleurs, d'oiseaux, de bêtes extravagantes, fantastiques.

Au milieu de tout ce mouvement, pas un kango. Harassée, presque défaillante, Oyouki dut s'arrêter dans une maison de thé. Elle s'y fit servir le déjeuner ordinaire, consolidé d'un énorme bol de riz assaisonné de soyon, une assez vilaine sauce noirâtre très épicée, puis se reposa une petite heure.

Cela alla mieux.

D'un pas flâneur, afin de ne pas éveiller les soupçons, elle reprit son chemin.

1. Sortes de monastères.

C'était maintenant presque une foule circulant sur le Tokaïdo. Des appels de marchands, des cris de djins, se croisaient ; des processions de vieilles dames se rendaient aux pagodes, pas mal d'entre elles accoutrées en fées Carabosses, véritables pièces de collections qu'on eût dit échappées de quelques écrans ou de quelques potiches, échantillons de cocasserie assez réussie.

Presque aussitôt le kango tant désiré apparut.

Et des rencontres, et des exclamations, et des « oh ! ayo ! bonjour, » échangés avec de ces sourires enfantins, de ces airs de tomber de la lune spéciaux aux Nippones en pareil cas.

Beaucoup de voyageurs recouverts du manteau blanc des pèlerins, passaient, agitant en l'honneur du soleil leurs innombrables clochettes.

Ceux-là s'en allaient dévotement boire à la Source d'Or et à la Source d'Argent jaillies du flanc de la montagne sacrée du Fouzi-Yama.

Le Fouzi-Yama, ou Mont sans pareil, est la gloire suprême des Japonais; c'est lui qu'ils offrent immanquablement à notre admiration sur tous les objets que leur art ou leur industrie envoie en Europe.

Une légende très accréditée prétend que ce roi des volcans, que la neige recouvre pendant dix mois de l'année, surgit de terre en une seule nuit de l'an 285 de l'ère ancienne.

Ce perpétuel va-et-vient, ce gai tohu-bohu, amusaient la fillette, mais elle n'en pouvait plus; à bout de forces, elle s'assit au bord du chemin, et presque aussitôt le kango tant désiré apparut.

Avec quelle joie elle s'installa, son menu paquet et son éventaire posés sur le petit toit!

Cinq minutes après, bercée par le pas rythmique des porteurs, elle se livrait avec délices à un bon sommeil réparateur sur le mince matelas, et rêvait qu'heureusement arrivée à Maïto, Dédé-San la recevait dans ses bras.

## XI

L'AUBERGE DU CRIME. — LA COURSE A L'ABÎME. — MALHEUREUSE ENFANT

Depuis dix jours, Oyouki voyageait tantôt à pied, tantôt en kango ou en djin-richi-cha, sans incidents remarquables. Elle commençait à se rassurer, et il lui paraissait maintenant certain que sa tutrice ne songeait nullement à la rechercher ou à la faire poursuivre.

Ce jour-là, l'étape avait été particulièrement longue; le soir venait; à l'horizon, le soleil déployait la féerie de son coucher et les sommets neigeux du Fouzi-Yama s'enflammaient de pourpre.

Plus fatiguée qu'à l'ordinaire, Oyouki renonça à aller jusqu'au village où elle devait coucher et s'informa s'il n'y avait pas quelque auberge proche.

Sur le Tokaïdo? Non, l'on ne connaissait rien; mais en prenant cet étroit chemin sur sa gauche, elle arriverait en un quart d'heure près d'un bois sacré à la lisière duquel se trouvait une maison de thé; là on lui donnerait certainement l'hospitalité.

La voyageuse s'engagea, dans la fraîcheur et l'ombre, sous une voûte presque close de cèdres gigantesques aux troncs droits, lisses et rigides comme des colonnes. Elle rencontrait de loin en loin des bassins d'eau stagnante couverte de fleurs de lotus, aux bords desquels de grands hérons, posés une patte en l'air, semblaient songer, immobiles, aux vicissitudes de leur existence d'oiseaux pêcheurs. Le temps se gâtait, des promesses d'averses voyageaient dans l'air.

Le paysage désert, très triste, s'attristait encore de l'heure mystérieuse du crépuscule.

Saisie de crainte vague, mal définie, Oyouki eut envie de retourner sur ses pas, puis une honte la prit de pareille faiblesse, et elle marcha plus vite.

Quelle drôle d'idée de s'effrayer ainsi! Cette maison de thé, qui surgissait brusquement devant elle à un détour, ressemblait à toutes les maisons de ce genre, sauf que, bâtie à l'écart, elle recevait sans doute peu de touristes.

Et, en effet, derrière les panneaux de papier ne se montrait aucun de ces profils plats aux nez camards, aucune de ces silhouettes mouvantes qui s'y dessinent d'ordinaire en ombres chinoises dès que les lampes sont allumées.

Cependant, une servante assez accorte la reçut sur le seuil et, après le bain journalier dans l'eau tiède de la piscine, auquel ne manque jamais un Japonais, — ce bain revient à la somme incroyable d'un sen, c'est-à-dire de deux centimes et demi, y compris la poudre de riz pour se sécher, — lui servit le repas du soir. Une heure après, elle la conduisait à sa chambre par le petit escalier joujou qui tremble et craque.

Dans le couloir, Oyouki croisa deux ou trois figures qui ne lui dirent rien qui vaille et lui parurent même sinistres. Elle saisit au passage un lambeau de phrase assez suspect : « Plus rien à craindre, ils sont tous pendus. » Les gens à mine sinistre l'avaient, lui semblat-il, regardée de façon peu rassurante.

Elle se coucha tout habillée, grandement tourmentée.

Pendus! Le mot lui tintait sans relâche aux oreilles, troublait sa cervelle. Pendus! Qui?

Révoltée contre sa pusillanimité, elle voulut dormir, et, la fatigue aidant, elle tomba dans une sorte de demi-sommeil écouteur. Elle percevait des bruits étranges de pas furtifs, de vagues gémissements, et toutes sortes d'histoires d'auberges de voleurs, d'assassins, revenaient à sa mémoire. Brusquement, en un mouvement de crainte, elle se dressa. Certainement elle venait d'entendre un cri, un cri étouffé comme si des mains brutales l'eussent arrêté dans une gorge.

Une sueur froide perla à ses tempes. Oui, impossible de douter davantage, elle était tombée, la malheureuse, dans quelque affreux repaire de bandits; des crimes, d'horribles crimes, se commettaient dans cette maison isolée, et, pour se débarrasser d'un témoin dangereux, on allait l'assassiner, elle aussi. A cette conclusion très logique, toute l'énergie de sa nature s'éveilla; il lui sembla préférable de risquer les hasards d'une fuite, à l'attente dans une résignation et une impassibilité de mouton prêt à l'égorgement. Elle décida de fuir, et tout de suite, avec sa rapidité ordinaire d'exécution, se glissa à pas de loup dans le corridor, descendit l'escalier et atteignit le vestibule sans encombre. La fugitive se croyait sauvée, lorsque soudain elle entendit des chuchotements, là tout près, derrière une cloison de papier. Retenant son souffle, elle prêta l'oreille; une voix disait :

« Nous les décrocherons demain matin et, avec un peu d'adresse, en les cachant sous une bâche et du fourrage par-dessus, nous les passerons; la police n'y verra que du feu. »

Plus de doutes; on parlait — et avec quel manque de pudeur — des gens assassinés.

Grelottante de terreur, Oyouki allait cependant se glisser vers la porte de sortie, lorsqu'une autre voix reprit :

« Allons, assez causé; la journée a été dure; tâchons d'aller dormir un brin. On a besoin de repos après la besogne que nous avons faite. »

Horreur! cette voix cynique ricanait.

Six cadavres d'hommes, de femmes, visages livides...

La situation devenait critique, car, en passant par le vestibule, les assassins allaient la voir, l'égorger. Oh! l'atroce mort!

5

Éperdue, elle se jeta dans une pièce noire dont la porte, derrière elle, bâillait vaguement sur des ténèbres.

Les hommes sortirent de leur retraite et, muets maintenant, montèrent l'escalier à pas furtifs.

La pauvrette, figée sur place, contenait son cœur à deux mains, comprimant ses battements, comme si on eût pu les entendre.

Quelque temps passa ; tout bruit s'était éteint dans la maison solitaire.

Un peu rassurée par ce silence, Oyouki allait tenter de franchir la porte de la maison, lorsque tout à coup la lune, se dégageant des nuages, inonda de lumière spectrale la pièce basse dans laquelle l'enfant s'était réfugiée, lui montrant un spectacle d'horreur.

Sans un cri, la gorge serrée d'angoisse, elle tomba à genoux, les mains tendues en avant, comme pour repousser quelque vision à rendre fou.

Là, devant elle, accrochés à d'énormes clous, pendaient six cadavres.

Six cadavres d'hommes, de femmes, visages livides, cheveux collés au front par la sueur de l'agonie sans doute, six, qui la fixaient de leurs yeux aux regards mornes, de leurs yeux de morts qu'aucune main pieuse ne fermerait jamais.

Oyouki se sentit prise de vertige ; sa cervelle éclatait. Elle se releva et d'un bond fut dehors, lancée dans une fuite furibonde, croyant sentir tous ces fantômes courir à sa poursuite.

La nuit était redevenue très noire, compacte ; le vent soufflait furieusement avec des plaintes étranges, et des cascades lointaines arrivait un grondement sourd, lugubre. La pauvre enfant éprouva le sentiment d'être perdue dans un lieu de désolation farouche, condamnée à y errer seule ; seule, l'horrible chose ! — pour toujours.

A chaque pas, dans ce bois sacré, elle rencontrait en de petits enclos des bornes funéraires portant des inscriptions en lettres d'or ; des monstres chimériques, des monstres de granit aux mufles cruels, qui la menaçaient. Des singes, furieux de ce réveil intempestif, lui

jetaient, avec de vilaines voix aigres, toutes les sottises de leur réper-
toire. Ses pieds agiles la portaient par bonds; tel un oiselet aux ailes
coupées, elle allait en détresse, à l'aveuglette, et il lui semblait que
des souffles venus de l'inconnu la frôlaient, que des pas qu'elle s'ima-
ginait entendre la suivaient.

Soudain, à un détour, un énorme chien aux yeux de phosphore,
bien en vie celui-là, surgit sur le milieu du chemin, les crocs menaçants.

De plus en plus affolée, l'enfant se lança dans un sentier en dégrin-
golade, accrochant ses vêtements aux arbustes épineux, se blessant
aux arêtes vives des cailloux, emportée en avant par un élan irrésistible.

Soudain, un cri strident, un cri de désespoir à glacer le sang dans
les veines, déchira l'air, en même temps que s'entendait le bruit
sourd d'un corps tombant dans l'eau.

Oh! pauvre, pauvre petite Oyouki, si bonne, si jeune, si vaillante!
Cette sente de malheur aboutissait à un étang verdâtre; la malheureuse venait de s'y engouffrer, et tout de suite les bras gluants des
longues herbes traîtresses l'étreignaient, comme une proie palpitante,
désespérée.

Là-haut, énorme, cuivrée, la lune avait reparu... Au loin, du côté
des temples, des chiens hurlaient à la mort.

# DEUXIÈME PARTIE

## XII

Non, le dernier jour d'Oyouki n'était pas arrivé. Lorsqu'elle rouvrit les yeux, elle se trouva étendue sur la mousse au bord de l'étang fatal. Une figure anxieuse se penchait sur elle, figure très blanche d'Européen, ainsi qu'elle en avait vu souvent à Tokio.

Celle-ci, appartenant à un jeune garçon de treize ou quatorze ans, lui parut la plus charmante du monde, drôle comme tout avec ses courts cheveux blonds frisés, ses grands yeux noirs et son nez espiègle relevé, semblait-il, par un coup de pouce. Elle s'étira afin de s'assurer du bon manœuvrement de ses membres et, rassurée, poussa un soupir :

« Ouf! »

C'était bon de vivre.

Lui, ravi, frappa dans ses mains :

« Ça y est, sauvée, la petite bonne femme, sauvée! Tu entends, Tourlourou. On s'est offert un sauvetage bien réussi. A Paris, le gouvernement m'aurait peut-être offert la médaille, et celle-là, dame! on en est fier. »

Tourlourou, un roquet parisien, jovial et bon diable à l'image de son maître, parut comprendre à merveille l'importance de la communication. Il y répondit par une sorte de félicitation aboyée, ponctuée d'un frétillement de son bout de queue coupée; ses babines se retroussèrent, montrant les dents blanches; on eût dit que, d'orgueil et de contentement, il riait.

Quelque peu rompue et endolorie, Oyouki se releva sur son coude, et les deux enfants, secoués à l'unisson par un grelottement de toutous trempés, se regardèrent.

Elle dit très vite :

« C'est vous qui m'avez sauvée, n'est-ce pas, Idjin-San[1]? »

Il répondit en assez bon japonais, mais avec un accent venu tout droit du faubourg Antoine ou des Batignolles :

« Si vous voulez. Enfin, quoi, je me suis jeté là dedans et vous en ai tirée. Un instant ça n'a pas été comme à la noce... Ce sont ces fichues herbes qui m'ont donné du mal. Ah! les mâtines! j'ai cru vraiment que nous y restions tous deux, et même tous trois, car Tourlourou aussi avait fait le plongeon. Brave ami! il se figure qu'il m'a aidé en me tirant par ma veste, et il est content.

— Vous avez exposé votre vie... Les herbes, c'est si dangereux! »

Et parce que cet enfant était son sauveur, un brave, elle s'attacha tout de suite à lui.

« Comment vous appelez-vous?

— Jean, Jean Maulier, mousse d'occasion à bord du navire marchand *le Franc-Coureur,* en ce moment en villégiature au Japon ; pas le navire, non, votre serviteur.

« Et vous, mademoiselle, comment vous nomme-t-on?

— Oyouki, fille de Rakemo Sama, le Kou-gé; mais il ne faut pas le dire.

— Très bien, mademoiselle Oyouki, je vois que vous êtes une personne de condition, une princesse déguisée, et, puisqu'il faut se taire, soyez tranquille, on se taira. Mais pour le moment assez causé; au repos du moins, nous nous dirons le reste en route.

« Vous grelottez, Tourlourou grelotte, je grelotte, nous grelottons. Tenez, passez ma vareuse sur vos vêtements : si mouillée soit-

1. Monsieur l'étranger.

elle, elle arrêtera toujours un peu l'air, et cette fin de nuit est rudement fraîche.

« Jean. Maulier, mousse d'occasion... »

« Je pourrais bien essayer de vous porter, mais je n'irais pas loin ;
alors... »

Oyouki bondit :

« Me porter, allons donc ! J'ai bien la force de marcher.

— Tant mieux, car, voyez-vous, ce que nous risquons à présent, c'est la fâcheuse bronchite ou même l'influenza, une enragée et laide voyageuse qu'on rencontre en tous pays.

« Le plus pressé est donc d'aller gîter quelque part et de se sécher devant quelque bon brasier, en avalant une quantité convenable de breuvage chaud.

« Attendez, j'y songe : je vais vous conduire dans une maison de thé, d'où je suis sorti moi-même dans l'après-midi pour visiter un temple. Je devais y retourner ce soir, puis la fantaisie m'a pris de voyager la nuit... heureusement.

— Ah! oui, heureusement, sans quoi j'étais morte.

— Cela me semble probable, et c'eût été dommage, car vous me semblez très bonne, mademoiselle Oyouki. »

Déjà ils s'étaient mis en route d'un pas vif, gais comme des pinsons, riant du plaisir de vivre après la terrible épreuve.

Très intrigué, plein de sympathie pour cette gamine brune, pâle et gentille qui prenait de si singuliers bains en plein bois sacré, en pleine nuit, il interrogea :

« Pourrait-on, mademoiselle, vous demander sans indiscrétion comment et pourquoi j'ai eu l'honneur de faire votre connaissance au fond d'un étang pas trop propre, à preuve l'état de nos vêtements, et cela à une heure tout à fait indue?

« Tenez, passons par ici, ce sera plus court. »

Ils côtoyèrent, sur des prairies grasses, un de ces bois de bambous dont les tiges frêles et luisantes sont si hautes qu'elles semblent caresser le ciel. Des vers luisants, étincelles vivantes semées au revers d'un étroit chemin, semblaient posés là pour les guider.

Mise en confiance, Oyouki raconta le drame poignant : son arrivée dans la maison de thé, les paroles surprises, les crimes découverts, la vision épouvantable des cadavres entrevus sous la lune, puis sa fuite éperdue, sa chute dans l'eau verte. Elle s'effarait à nouveau, les pleurs réapparaissaient sur ses joues redevenues livides.

Soudain elle s'arrêta, interloquée.

Maître Jean riait, riait comme un fou.

« Non, c'est incroyable! incroyable! Ah! mademoiselle Oyouki,
ne pleurez plus, renfoncez cette dernière averse et calmez, je vous en
prie, votre petite cervelle en ébullition. Vous allez joliment rire avec
moi tout à l'heure. »

Presque fâchée, avec une moue légère, elle demanda :

« Quoi! Dites vite, je ne vois pas ce qu'il y a de si risible à ce que
je vous raconte.

— Si, si, si, il y a de quoi... et même copieusement... Voyons,
tâchons de nous calmer et de parler de façon compréhensible... Vos
pendus, mademoiselle, vos infortunés pendus, ne sont autres que...
de superbes marionnettes, grandeur nature, rotin et papier mâché,
comme on les fait dans votre pays.

— Des marionnettes?

— Parfaitement. Justement j'étais là ce matin quand un brave
homme de forain est arrivé à l'auberge avec tous les personnages de
son théâtre, personnages un peu huppés et bien nippés, mais assez sales
et pour lesquels le besoin d'un lessivage se faisait grandement sentir;
eau, savon et même... poudre insecticide, on ne leur a rien refusé.

« Après quoi on les a pendus, sous mes yeux, notez bien, sous mes
yeux, à ces fameux clous où vous les avez vus sinistrement se balan-
cer. Il ne faut pas leur en vouloir, ils avaient presque autant besoin
que nous de se sécher, les pauvres!

— Mais ces mots : « La police n'y verra... »

— « ... Que du feu! » Aussi simple que le reste.

« Invention de l'ingénieux forain pour pénétrer dans je ne sais plus
quel village sans payer les droits ordinaires établis sur l'entrée de
ses acteurs.

— Et les gémissements, le cri, comment les expliquez-vous?

— Ah! ça, mademoiselle, c'est délicat à dire, mais enfin, il faut
bien s'y décider pour vous rassurer tout à fait. Eh bien... l'hôtesse
avait... sapristi... ce n'est pas facile à expliquer... »

Oyouki s'impatienta, un peu humiliée au fond de voir son drame
tourner à la farce.

« Avait quoi?

— Eh! mon Dieu... des crampes d'estomac; aussi ne cessait-elle de geindre. »

Il frissonna :

« Pristi, qu'il fait froid!

« Voulez-vous? On va courir un peu pour se réchauffer, si vous en avez la force. Donnez-moi la main; ce sera mieux. »

Ils s'élancèrent en belle humeur, en belle joie, comme si, à l'instar de Mercure, ils avaient eu des ailes aux pieds; Tourlourou suivait, aboyant follement.

Et, toute suffoquée, Oyouki essayait encore de parler :

« Ah! c'est trop drôle... trop drôle... Et c'est à cette maison-là que nous retournons? Qu'est-ce qu'ils vont dire? »

Un fil d'or, éblouissant reflet de la lune, semblait courir avec eux, tout le long d'une menue rigole au bord du chemin.

Là-haut, les étoiles cristallines, un peu pâlissantes, paraissaient cligner des yeux, leur sourire; mais l'air devenait de plus en plus glacial; les dents d'Oyouki claquaient comme de petites perles remuées dans un écrin; son pas faiblissait.

Jean, de nature excellente, mais médiocrement patient, devenait furieux et grognait à part lui :

« On n'arrivera donc pas! Elle va prendre le coup de la mort, cette petite mousmé, et ce serait désolant, car c'est franc, gracieux, mignon... comme une Française, parole d'honneur.

« Tourlourou, fais-moi le plaisir de te taire; tu vois bien, animal, que tu m'agaces avec tes aboiements... »

Et se retournant vers Oyouki :

« Mademoiselle, réellement vous n'en pouvez plus; je vais vous porter un bout de chemin. Il faut absolument arriver; vous gelez, et vous voilà presque aussi pâle qu'au sortir de l'eau. »

Il allait la saisir, lorsqu'elle poussa un cri joyeux :

« Tenez, là-bas; penchez-vous un peu; vous ne voyez pas? une lumière?

— Saperlotte, oui ! Enfin nous y voilà ! »

Jamais Petit Poucet, d'intelligente et pratique mémoire, n'aperçut avec pareil transport la petite lueur de la maison perdue au fond des bois.

Quelques minutes de marche encore, et ils frappaient si vigoureusement à la porte de l'auberge que l'hôte, un vieux Japonais japonisant des temps passés, vint ouvrir en personne, leur montrant une face aplatie de dogue bon enfant.

« Eh bien, quoi, qu'est-ce qu'il y a? Le feu est-il à la maison?

— Non, mon brave seigneur, mais la maladie est à nos trousses. Nous sortons de l'étang. Vite, du feu, du thé et de bons lits. »

Une heure après, chacun de nos jeunes héros dormait à pleins yeux, sur ce qu'il avait d'oreilles, sous le reflet protecteur de la lampe allumée dans sa guérite.

## XIII

### UNE ORIGINALE DINETTE. — TRISTE ET TOUCHANTE HISTOIRE

L'antique et rustique horloge de la maison de thé sonnait douze coups de sa voix fêlée quand Oyouki et son sauveur se retrouvèrent dans le jardinet de l'auberge.

Tous deux, à la vue de leurs mutuels et comiques accoutrements, partirent en même temps d'un joyeux éclat de rire. Oyouki se perdait littéralement dans les vêtements trop larges de l'une des filles de la maison, tandis que Jean, engouffré aux profondeurs d'une tunique infiniment trop vaste et trop longue pour son juvénile individu, ne savait par quel bout s'y prendre afin de ne pas s'empêtrer dans les plis.

Un peu à l'écart, une jeune servante — celle-là ne consacrait certainement pas le même temps que M<sup>me</sup> Éclat des Monts Vermeils à sa coiffure — achevait de laver les vêtements des jeunes voyageurs.

De se remettre en route aussitôt, il ne pouvait donc même pas être question ; le lendemain tout au plus le lavage et le repassage seraient achevés.

D'ailleurs, en dépit de sa vaillance et de sa belle tenue de la nuit, Oyouki se sentait courbaturée, avait mal partout, disait-elle.

Le fou rire enfin calmé, les enfants se saluèrent :

« Bonjour, mademoiselle.

— Bonjour, monsieur Jean. Eh bien, nous sommes jolis ; quelle paire de masques nous faisons !

— Bah ! ça vaut toujours mieux que de dormir au fond du lac le grand sommeil dont on ne se réveille jamais. »

La journée était délicieuse, une de ces journées d'automne spéciales au pays, où, après le froid presque hivernal des nuits, un vrai printemps semble se faufiler en contrebande, tout fier d'égayer le Japon et ses habitants.

Des nuées de papillons voletaient sur les fleurs parfois singulièrement étranges de forme, mais toujours parfumées à peine ; les roses mêmes, ce qui est un crime pour des roses, ne le sont pas au Japon.

Des canards de toutes couleurs, de toutes formes, se dodelinaient au bord d'un bassin bleu de lotus. Là-bas, dans la montagne, les cascades se démenaient et bruissaient en une délicieuse harmonie.

La mousmé se laissa tomber sur un banc. Devant elle, tout frétillant du plaisir de la retrouver, Tourlourou s'assit carrément sur certaine partie la plus capitonnée et la plus dodue de son individu ; son rire, tout personnel, remuait, au coin de ses babines retroussées, une sorte de moustache de chat, une moustache-phénomène, laquelle n'avait rien à voir, semblait-il, avec aucune espèce de chiens connue. Tourlourou devait être de provenance très rare, dernier échantillon peut-être de quelque race éteinte.

On trouve de tout et de bien autres choses encore dans les profondeurs des manches d'une robe nippone. Oyouki fouilla, ramena un gros morceau de sucre.

O joie ! et quels tas de mercis de la queue balayant éperdument le sable! Et les yeux, les beaux yeux de jais, comme ils savaient bien dire sans parole : « Encore, encore, toujours! »

Puis la patte s'en mêla, gratta le bras de la fillette, ses mains, dans ce geste qui exprime si éloquemment :

« Donne, donne, c'est bon! »

Jean apostropha le goulu :

« Ah! mendiant, pique-assiette sans vergogne! Avance à l'ordre et couche là.

« Que je te voie ennuyer la demoiselle, hein! »

Soudain il arrêta ses objurgations, huma l'air. Une bonne odeur de soupe aux haricots, de crevettes farcies, de poisson aux algues, lui grimpait au nez.

De son côté, la mousmé dilatait ses narines; elle s'exclama :

« Ce serait joliment bon de déjeuner, savez-vous, l'ami français; je meurs de faim.

« Nous allons nous mettre à table ensemble; ça me ferait trop de peine de vous quitter. D'abord vous m'avez sauvée, et d'un, et puis vous avez un air, un air...

— Un air?

— Un air je ne sais quoi, mais qui me plaît.

« Après déjeuner, puisqu'on ne peut pas partir, on se racontera son histoire, dites?

— Comme vous voudrez, mademoiselle Oyouki.

— Quand on a tiré quelqu'un de l'eau, on l'appelle par son nom; nommez-moi Oyouki tout court. Si papa vivait, il vous le permettrait et vous aimerait comme un fils, j'en suis sûre.

— Comme si j'étais votre frère alors, Oyouki?

— Tout juste. Oh! le bon, le fier et brave grand frère qui m'est tombé du ciel tout d'un coup. Je vous adopte, vous m'adoptez, c'est dit?

— C'est dit. »

Ils se frappèrent dans la main, confiants, heureux.

L'ancienne gaieté, jadis si entraînante, de la fille du Kou-gé se

hasardait enfin à sortir du trou où depuis un an elle se tenait blottie.
Oyouki riait, sautait, gambadait :

« A qui sera le plus tôt là-haut. Houp! »

Elle ordonna à l'hôte, qui montrait sur le seuil sa panse de magot :

« Qu'on nous serve tous deux dans la même chambre, vivement. »

Et, avec l'abandon subit et charmant de l'enfance, se tournant vers
Jean :

« As-tu de l'argent, toi? Moi, j'en ai. »

Il se mit à rire; sa frimousse futée rayonna :

« J'en ai gros comme le Bouddha de Kamakoura... On ne se refuse
rien, on va faire fine chère, fêter la bonne rencontre. »

Accroupis devant les plateaux de laque rouge chargés de petites
tasses et de petites assiettes couvertes, ils s'armèrent de baguettes,
que Jean maniait déjà très adroitement, et firent honneur au menu.
Jean eut même un hourra pour la formidable platée de riz réglementaire dont chacun s'administra deux ou trois énormes bols.

Pas de viandes, ni beurre ni graisse dans les aliments; la plupart
des Japonais appartenant à la religion bouddhique, qui en prohibe
l'usage; l'on n'en trouve que dans les hôtels des grandes villes. Pour
boisson, de l'eau tiède mélangée d'un peu d'eau-de-vie de riz. Jamais
de lait, considéré comme un médicament, en dehors des cas de
maladie.

Au dessert, la langue du Parisien se délia :

« Vois-tu, Oyouki, il n'y a pas à dire, pour me plaire, ton pays
me plaît, et je me félicite d'avoir traversé le monde dans le but de
faire sa connaissance. Ses habitants sont pleins de qualités et de
vertus. »

A la vérité, il les jugeait des cerveaux un peu fêlés, mais il eut
soin de garder la réflexion pour lui; il ajouta cependant :

« Il y manque tout de même quelque chose, à ton délicieux
pays. »

Oyouki prit une mine inquiète.

« Quoi donc?

— Des beefsteaks, mon enfant, des beefsteaks et des côtelettes.

Accroupis devant les plateaux de laque rouge...

Malgré tout le riz dont je me suis lesté, j'aurai faim dans une heure. »

Et, comme des paysans passaient devant les fenêtres, il ne put se
retenir de s'écrier :

« C'est dommage que tous ces bonshommes soient faits d'un pain
d'épice pas comestible. J'en goûterais, cela me ferait un fond. »

Il s'émerveillait de la distinction de sa compagne, de sa blancheur
aristocratique.

Cette mousmé, fille de ministre, était-elle assez gentille, et gaie, et
sensible! Des yeux où l'on voyait briller tout l'esprit d'une petite
Parisienne, une bouche où riait une jolie malice.

Jean ignorait que nulle part, autant qu'en ce pays de l'étrangeté,
la différence des traits, de l'allure, n'est aussi énorme entre la caste
aristocratique et la caste populaire; à peine dirait-on des individus
de même race.

Après leur somptueux repas, les nouveaux amis décidèrent qu'une
promenade sous la chaude soleillée, à travers bois, serait très propice à l'échange de confidences.

De l'or coulait sur les cimes arrondies des cryptomérias. Ivres d'air
tiède, des cigales crissaient de tous côtés. Elles chantent d'ailleurs
en toute saison, les vaillantes, ne voulant, pas plus que ne le font
les hommes dans leurs robes de toile, dans leurs maisons de papier,
prendre au sérieux l'hiver cependant assez rude parfois au Japon.

Bientôt Oyouki lassée déclara :

« Je n'en puis plus. J'ai trop marché cette nuit. »

Ils s'assirent au bord du chemin parmi les grandes herbes, et elle
ordonna, déjà impérieuse :

« Maintenant, dis vite ton histoire. »

Jean soupira :

« Ce n'est pas compliqué, va, et pas toujours gai. Enfin voilà :
j'ai commencé par le malheur : ma mère est morte peu de temps
après ma naissance; alors, tu comprends, papa, qui m'adorait, a été
ensemble mon père et ma mère et il m'a soigné... soigné... Tiens,
rien qu'à m'en souvenir j'en ai encore le cœur gros de larmes. Oh!
papa, comme je l'aimais! »

Il vit qu'Oyouki pleurait :

« Qu'as-tu ?

— Des souvenirs. C'est singulier, mais ton histoire ressemble tout à fait à la mienne, excepté que moi j'ai connu maman et me souviens d'elle. »

Très émus, ils se turent un instant. Tourlourou, sentant de la tristesse dans l'air, se fondit en caresses.

Jean reprit :

« C'était un fier artiste, papa; on demeurait là-haut sur une colline, la butte Montmartre, et l'on avait Paris, son cher Paris, à ses pieds.

— Paris! On dit que c'est si beau! »

De l'orgueil brilla dans les yeux de l'adolescent :

« La plus belle, la plus noble, la plus intelligente des villes passées, présentes et à venir; « où bat le cœur même du monde, » a dit... ma foi, je ne sais plus quel grand homme.

— Je voudrais le voir, ce Paris.

— Pourquoi pas? Sait-on? Tout arrive. Je suis bien ici, moi; pourquoi n'irais-tu pas en France un jour? Il ne faut jamais douter de rien. »

Sa nature volontaire, enthousiaste, s'affirmait; il reprit son récit :

« Seulement, il ne gagnait pas beaucoup d'argent, papa. Il ne savait pas aller faire des courbettes aux bons endroits; puis trop difficile, jamais content de ses œuvres, les faisant, les défaisant, les refaisant sans cesse. Nous vivions cependant dans une modeste aisance, unis, trop heureux. Hélas! la mort le guettait. Un jour, pour ne pas perdre de temps à attendre, il monta sur une impériale d'omnibus en plein décembre, et par quelle gelée!... Il avait économisé une heure, le brave père; seulement... seulement, dix jours après, il en mourait... Ah! tiens, Oyouki, laisse-moi pleurer, laisse-moi pleurer, je ne peux plus parler, j'étouffe. »

La tête dans ses mains appuyées sur ses genoux, il sanglota à se briser la poitrine. Silencieuse, elle pleurait avec lui.

6

Plus que l'événement tragique de la veille, plus que leur jeunesse et leur abandon, la même douleur et les mêmes larmes unissaient les deux orphelins.

## XIV

UN PETIT PARISIEN QUE L'ON NE GARDAIT PAS DANS DU COTON.
UNE ASSOCIATION COMME ON N'EN VOIT GUÈRE.

Jean reprit son récit :

« Mon père, en mourant, m'avait légué à un de ses vieux amis, mon parrain, un brave homme qui m'aime comme ses yeux.

« Or, il arriva que, le chagrin ayant déterminé une maladie de langueur, je m'en allais tout doucettement, à la grande désolation de mon tuteur, rejoindre mon pauvre papa. Soins, remèdes, tout fut inutile, et le médecin, à bout de science, finit par ordonner la distraction à tout prix; quelque grand voyage, par exemple. Déjà un peu ranimé, je dressai l'oreille.

« Parrain, navré, demanda :

« — Pas d'autre moyen, docteur ?

« — Pas d'autre.

« — C'est bon; comme je veux que le gamin vive, il partira.

« J'osai alors lancer une pointe à propos du Japon. Parrain est un original qui a rapporté de l'Angleterre, où il vécut longtemps, des idées très particulières sur l'éducation de la jeunesse. Au lieu de jeter les hauts cris, ainsi que l'eussent fait tant d'autres, il réfléchit un instant, puis répondit :

« — Quand il faut, il faut, je ne connais que ça. Combien de petits Anglais traversent seuls et journellement les mers, pour aller rejoindre leurs parents dans les autres parties du monde après quelque séjour réconfortant en Europe? Nos voisins d'outre-Manche, gens très avisés et très pratiques, regardent cela comme une promenade instructive, bonne à apprendre aux moutards à se débrouiller. C'est ainsi que l'on fait des hommes.

« Malheureusement, je ne puis quitter mes occupations, sans quoi, ayant encore bon pied, bon œil, je t'accompagnerais. Mais, mon garçon, toi non plus tu n'as pas froid aux yeux, et je suis sûr que tu te tireras parfaitement d'affaire en route. Je t'envoie d'ailleurs dans un bon et beau pays où j'ai justement l'un de mes meilleurs amis, lequel s'est établi là-bas fabricant de bicyclettes et fait même fort gentiment ses affaires. Je vais télégraphier à Bérard, bien sûr à l'avance de sa réponse. Il t'accueillera à bras et à cœur ouverts, comme un fils.

« Va donc, enfant, va. Tu trouveras un pays des plus civilisés, pays qui possède une armée, et des mieux organisées, une marine florissante, une administration qui ne ressemble que trop à la nôtre ; pays amplement pourvu de paquebots, de chemins de fer, de ballons militaires, de télégraphes, téléphones, automobiles, bicyclettes et... d'aliments plus ou moins sophistiqués, toujours comme chez nous.

« Tu voyageras là sans danger ; tâche seulement de me revenir guéri et gaillard, ou gare ! N'oublie pas que je compte faire de toi mon bâton de vieillesse. Enfin, c'est dit.

« Avec parrain, les choses ne traînent jamais. Huit jours après, la réponse affirmative et télégraphique de son ami Bérard arrivée, il m'embarquait en qualité de mousse, ou quelque chose qui y ressemblait à peu près, à bord du trois-mâts à la voile *le Franc-Coureur* ; seul, Tourlourou payait son voyage ; jamais, jamais, vois-tu, je ne serais parti sans lui... père l'aimait trop !

« Il demeurait entendu que le capitaine nous laisserait tous deux à Yokohama, où, de Tokio, M. Bérard devait venir nous chercher. Ainsi fut fait, mais ce qui n'avait pas été prévu au programme, c'est que peu de jours après mon arrivée, mon hôte, un excellent homme que j'aimais déjà, passait de vie à trépas, emporté par une attaque.

« Ma foi, je n'eus pas le courage de repartir avant d'avoir visité le Japon dans tous ses coins et recoins.

« J'écrivis à parrain pour le supplier de m'accorder une permission de séjour suffisante, l'assurant de me montrer digne de sa confiance par une prudence et une sagesse exemplaires ; l'excellent homme n'eut pas la force de me refuser. Il consentit sans enthousiasme, mais enfin il consentit, et voilà pourquoi et comment je parcours depuis dix mois ta belle patrie, sans qu'il me soit survenu la plus légère mésaventure.

« Quand je t'ai rencontrée, j'allais me mettre en route pour la sainte Montagne de Nikko, une merveille, dit-on.

« Tu sais tout ; maintenant à ton tour de dire ton histoire. »

Oyouki avait écouté toute béante d'admiration et d'étonnement. Jean prenait à ses yeux des proportions de héros. Quelle intelligence ! quelle énergie et quel cœur dans ce gamin de Paris !

Elle aussi raconta tout.

Vif, impressionnable, son compagnon coupait le récit d'exclamations approbatrices ou indignées, toujours véhémentes.

« Ta Dédé, en voilà une que j'aime ! C'est de la race à parrain ; de braves gens qui savent vous réchauffer l'âme et le corps à l'occasion. »

Puis, à entendre narrer le martyre dont avait si abominablement pâti cette petite fleur de souffrance devenue sa sœur d'adoption, une grosse colère lui venait contre le tourmenteur. Mieux qu'Oyouki, il comprenait, démêlait cette nature compliquée de Kikou-San, tortueuse à l'image des monstres de son pays, et il fulminait, exaspéré :

« Ah ! la gredine ! la sans cœur ! Ça vous avait toujours le mot... pour pleurer et les griffes pour griffer.

— Que veux-tu, c'était à cause de ce bête d'argent.

— Quel argent ?

— Celui que je lui coûtais.

— Hum ! hum ! Étais-tu si ruinée que ça !... Il faudrait voir. Elle me paraît capable de tout, ta bonne femme.

« Enfin, c'est fini, n'y pense plus.

« Et maintenant, que vas-tu faire, quels sont tes projets, après que tu auras passé quelque temps près de ta nounou ? »

Triste, songeuse, la fillette hésitait à répondre.

Hélas ! depuis l'aventure de la nuit dernière, la mousmé en avait dans l'aile ; elle se rendait compte des difficultés de son plan, et son beau courage fléchissait. La pensée de se retrouver seule lui mettait des larmes aux yeux.

Elle dit :

« Voilà : je voulais aller chez ma nourrice d'abord, puis retourner à Tokio, me jeter aux pieds de l'impératrice mère, implorer sa pitié et sa justice. Elle était très attachée à mon père. Mais maintenant, je ne sais plus, je ne sais plus... j'ai peur.

— Peur de quoi ?

— De tout, de la solitude, de l'abandon.

— Ah ! bien, petite amie, s'il n'y a que cela pour t'inquiéter, rien n'est plus aisément arrangeable : ne nous quittons pas.

— Oh !... Ce serait possible ?

— Sans doute ; je ne suis pas pressé, moi ; je te conduirai chez Dédé-San ; justement je ne connais pas ce côté du pays. »

Le visage d'Oyouki rayonna.

« Tu ferais cela pour moi ?

— Parfaitement, et avec grand plaisir encore.

— Mais la sainte Montagne de Nikko ?

— J'irai plus tard, quand je pourrai. »

La fillette se recueillit un moment ; elle ne voulait pas être égoïste. Puis, décidée :

« Eh bien, j'accepte et je te remercie de tout mon cœur ; mais moi aussi je serai très contente de revoir Nikko. J'y suis allée l'année dernière avec mon pauvre papa ; j'y retrouverais tant de souvenirs ! Je vais écrire tout de suite à Dédé pour lui dire de ne pas s'inquiéter, qu'il y a un peu de retard. »

L'amicale association était chose entendue, résolue.

On ne se quitterait pas jusqu'au jour du départ de Jean pour la France.

Ils se turent ; le soleil couchant traversait de lueurs roses un rideau de pins bordant la route proche. Des rires, des appels joyeux, partirent de la maisonnette ; c'était l'heure sacrée du bain, l'heure d'aller, selon l'expression pittoresque de Jean, « infuser » dans l'eau tiède de ce qu'il appelait la grande marmite commune, c'est-à-dire la piscine de famille, et tous deux coururent en se donnant la main.

Le lendemain, au petit jour frais et clair, nos deux héros en mal d'aventure s'embarquaient dans le *Rapide Bleu* pour le pays des châteaux... au Japon, ou, plus simplement, prenaient le chemin de Yokohama pour se rendre de là à Nikko.

L'automne rouillait les feuillages, des odeurs légères de fleurs rustiques flottaient sous les branches, chaque pas dans l'herbe mouillée de rosée faisait lever des insectes apeurés.

Ils filaient, vifs et gais comme des oisillons sans souci, sous les cèdres gigantesques du Tokaïdo. Au milieu de ces délicieuses campagnes, de ces paysages si accidentés, remplis de parfums, de chants d'oiseaux, ils se sentaient confiants, heureux; de la joie semblait courir dans leurs veines. Jean n'avait pas assez de ses deux bons grands yeux pour admirer les belles cultures, les rizières d'émeraude, les petits villages aux toits fleuris étagés parmi les grands arbres verts sur les collines, et, dans les vallées, tous ces merveilleux petits ruisseaux gazouilleurs, qui sont un des charmes de l'aimable nature japonaise.

Sur le chemin, désert encore, la mousmé entonna le chant populaire de *Kintori*, Jean reprenant à voix pleine et libre le refrain :

> Le héros Kintori terrassait les ours
> Avec sa hache d'armes au pied du Fouzy-Yama,
> Dedans les forêts de pins;
> Et Yoshitsuné, le grand guerrier,
> Mit à la raison le piteux général chinois.
> Oh! là! Oh! L'impératrice Gziné-gou-Koyo
> Se montra superbe femme de guerre.
> Oh! là! là! son sabre ciselé de fleurs
> Était comme une belle fleur lui-même. »

Signe de chance, — s'il faut en croire la croyance japonaise, — on rencontra une noce.

La mariée était, comme chez nous, vêtue de blanc immaculé, à cette différence près qu'ici cette couleur se porte en signe de deuil et signifie que la jeune épousée meurt en quelque sorte pour sa famille.

Ils filaient, vifs et gais, sous les cèdres gigantesques.

Très sérieuse, Oyouki déclara :
« Notre voyage sera heureux, le présage ne peut mentir. »

## XV

DANS LE TRAIN. — DE L'EFFET PRODUIT PAR UN AVEUGLE, SON GUIDE
ET DEUX MESSIEURS QUI PRENNENT HONNÊTEMENT LE THÉ

Depuis dix jours, les deux enfants voyageaient de compagnie, se grisant d'air, de liberté, gazouillant, aux beaux matins lumineux, plus haut que les oiseaux. Sur les chemins on les regardait passer avec une curiosité bienveillante ; lui, donnant, sous son costume de mousse porté avec crânerie, une impression très vive de robustesse physique et morale ; elle, si jolie, si fine, si aristocratique sous ses humbles vêtements de marchande ambulante.

Jean montrait bien le vrai type de nos jeunes Parisiens, et Claude Loutil, son parrain, disait parfois en riant :

« Avisé, malin comme un singe, leste comme un écureuil, brave comme un lion, ce lascar-là forme à lui seul toute une ménagerie. »

Et c'était réellement un garçon d'intelligence singulièrement alerte, d'une surprenante vivacité d'action, d'une hardiesse très judicieuse.

Énergique, prudent et doux, Jean fut un guide parfait pour sa gentille compagne.

Et comme il savait aussi la distraire, l'égayer, quand il la surprenait de temps en temps encore à ressasser les souvenirs cruels du passé ! C'était alors une sorte de petit clown déluré qui, par les plus étonnantes inventions, les plus ébouriffantes drôleries, la faisait rire aux larmes, à en pleurer. Boute-en-train irrésistible, il excellait à organiser toutes sortes de jeux, d'amusantes parties inconnues de la fillette.

Tout de suite il avait écrit à son parrain sa bizarre aventure, certain d'être approuvé dans ce qu'il appelait sa mission de noble chevalier.

Ce soir-là, ayant tiré son encrier de voyage de sa poche, il s'installa devant une table basse et commença une longue épître :

« Cher parrain,

« Puisque vous voulez beaucoup de lettres et beaucoup de détails sur le pays, en voilà; je vous promets au moins quatre bonnes pages.

« Nous sommes pour le moment installés dans une maison de thé, route du Tokaïdo, sur la lisière d'un adorable bois de bambous et de lauriers-roses, et j'aperçois par un panneau grand ouvert Oyouki en train de faire dînette avec les mousmés de l'habitation. Parrain, je me déclare tout triste de ne pouvoir vous sauter au cou... Quand s'embrassera-t-on par téléphone? Ce jour-là, la science aura vraiment marché.

« Ma petite amie va bien; vous savez déjà que c'est un bijou, je ne vous le redirai donc pas.

« Ces jours-ci, malgré sa terreur d'être reconnue, on s'est offert un brin de chemin de fer.

« Le train devant arriver réglementairement à la station à onze heures et demie du soir, nous avions calculé qu'il y serait à minuit et que ce serait déjà très beau.

« Il stoppe selon nos prévisions; nous sautons dans un compartiment bourré de vieilles dames aux vieilles dents laquées, d'avenantes mousmés aux figures de lune, de ribambelles de moutards très mignons, enfin des deux Anglais de rigueur. Un coup de sifflet, et nous partons. La marche lente du train amène aussitôt une somnolence compréhensible; on échange des bonsoirs et l'on tire le rideau sur la lampe.

« Des heures passent. Soudain, vers trois heures du matin, un arrêt brusque nous bouscule. Nous voilà en attente dans une petite gare. On fait sortir tous les gens inutiles au service. Des fonctionnaires habillés à l'européenne s'agitent sur le trottoir, suant, gouttant, fondant, — en dépit de la fraîcheur de la nuit, — à force de gesticuler, de se démener, et ils ne sont pas jolis, jolis, ces messieurs. Bientôt survient un coup de théâtre; des employés de la gare montent dans les wagons, ferment les volets de bois. Qu'y a-t-il? que se passet-il, que veut dire tout ce chambardement? Oyouki, très émue, me l'explique. Un train impérial va passer, dans lequel se trouve l'impératrice, et nous ne devons pas même entrevoir ce train qui a l'honneur grand de voiturer Sa Majesté. Ce reste de l'antique étiquette remonte aux temps reculés où ce peuple, aujourd'hui si souriant, si bénin, jetait si vilainement par milliers les chrétiens soit dans la mer, soit dans le cratère flamboyant de l'Ounzen, près de Nagasaki.

« Drôle de pays! D'anciennes estampes montrent sur le mur en face de ma table la coiffure que portait le Mikado à des époques pas très lointaines. Cette coiffure, qui vaut son pesant d'or, s'ornait d'une branche de bambou et d'une aigrette de crin tressé hautes de deux pieds et demi, lesquelles, coquettement posées sur l'oreille, s'y balançaient agréablement au moindre mouvement du Fils du Soleil.

« Mais revenons à nos moutons. Un grondement formidable annonce le train impérial, il passe, il a passé; on daigne nous rendre la vue du dehors.

« Une heure encore, et nous voici arrivés à Ohoryaki, jolie petite ville très amusante.

« Nous reprenons nos bagages dans les filets. Surprise! une petite boîte dans laquelle sommeillait un cocasse petit dieu, dodu et tondu, que je vous destinais, s'est absenté. Les poches des tuniques ont des profondeurs si engageantes!

« Les quais sont couverts de foule comme partout. Seigneur! que de gens marqués de la petite vérole! Vraiment, ces bons Japonais n'avaient pas besoin de cela.

« Il ne fait pas jour encore; des lanternes saugrenues jettent partout l'éclat de leurs vives couleurs. De gré ou de force, plutôt de force, les djins enlèvent bagages et voyageurs. A l'auberge, d'intéressants marchands de produits du pays, portant en main leur machine à compter, nous harcèlent. Pardon, messieurs, vous êtes très, très gentils, mais l'heure est mal choisie, notre bourse est mince, nous avons sommeil, et vous serez tout à fait aimables en nous laissant la paix.

« Cette marmotte de petite Oyouki me mène par le bout du nez, me fait faire ce qui lui passe par la tête. Pour un peu, un de ces quatre matins, elle me demandera de lui décrocher la lune ou les étoiles, et j'essayerai.

« En attendant, je tâche de la conduire à bon port.

« Plus de chemin de fer ; nous avons repris, selon son désir, notre route soit à pied, soit en djin-richi-cha, tantôt par le Tokaïdo, tantôt en suivant les jolis chemins avoisinants. Votre filleul, guilleret comme un vrai fils de la Butte, se tient toujours prêt à défendre la princesse persécutée.

« Mais qu'est-ce qui me prend ? Mes quatre pages sont un peu ric-rac, et voilà que je meurs de sommeil.

« Pour aujourd'hui, ce sera tout ; il est tard ; chacun, dans cette demeure de papier, regagne son dodo.

« A ce propos, aimez-vous le papier ? On en a mis partout. Le Japon est une grande machine de papier mâché ou pas mâché. On en fait de tout : maisons, meubles, mouchoirs, serviettes, coussins, vitres, capotes de voitures ; ajoutez à cela une douzaine d'et cæteras, et vous approcherez du compte.

« Bonsoir, parrain, je vous envoie deux gros baisers sur les ailes d'un zéphyr qui passe. Dites encore que votre Jean n'est pas poétique !


« Cher père adoptif, je vous donne en mille, en dix mille, de deviner de quel lieu extravagant je termine cette lettre qu'avait trop brusquement interrompue le marchand de sable, sans respect pour mes pauvres yeux.

« Vous donnez votre langue au chat ? Fort bien, j'ai pitié de vous.

« Pour le moment, ma petite amie et moi sommes hospitalisés, *gratis pro Deo*, s'il vous plaît, dans les vastes oreilles du Daïbutzu ou grand Bouddha de Kamakura ; l'un occupe la droite, l'autre la gauche.

« On se trouve là, du reste, en excellente compagnie ; quantité de dieux en disponibilité y prennent leurs invalides, s'y émiettent peu à peu, l'air humilié sous leurs voiles de poussière. Toutes les cavités sont occupées : jambes, bras, nez, rien ne chôme.

« Quelle étonnante statue que celle du Daïbutzu, et comme elle vous impressionne !

« Mais comment, pourquoi, me direz-vous, sommes-nous échoués en si singulière posture, en cette contrée qu'embellit jadis feu Kamakoura, la somptueuse ville aujourd'hui disparue ?

« Ce pourquoi-là, parrain, est toute une histoire ; la voici :

« Nous cheminions donc vers Nikko, et notre gentil voyage continuait supérieurement, sans ennuis, sans accrocs ; ma princesse errante recouvrait enfin le calme, cela se voyait au joli sourire qui ne cessait de voltiger de ses lèvres à ses yeux. Comment donc ! mais elle consentait même, à certains jours de fatigue, à s'aventurer de nouveau en chemin de fer, à s'enfourner sans trop de frayeur dans ces étroits wagons joujoux tout en long où, de distance en distance, sont percés à même le plancher, pour l'usage du beau sexe nippon, — lequel beau sexe fume comme de petites solfatares, — les crachoirs si vilainement nécessaires.

« Ici, j'ouvre une parenthèse pour me glorifier à vos yeux d'un véritable miracle obtenu : Oyouki, ma fine patricienne, ne fume plus, n-i ni, fini ; je lui ai inspiré l'horreur de cette répugnante habitude. Voilà ce que c'est, parrain, que d'avoir fait, en la retirant d'un étang, preuve d'un héroïsme (il était si sale, cet étang) que je bénirai jusqu'à la fin de mes jours, mon héroïsme, pas l'étang. C'est très agréable à porter, une petite auréole.

« Donc, tout allait bien, lorsque la malchance, la malchance noire, a fondu sur nous, et tout cela pourquoi ? pour un parapluie. On a beau être économe, n'est-ce pas, lorsque cet ustensile fait à son propriétaire — et c'était notre cas — de déchirants adieux, il faut bien lui donner un remplaçant. Donc, par un certain matin pluvieux, un matin enrhumé, nous voilà entrant chez un marchand bien approvisionné.

« Penché sur un de ses chefs-d'œuvre multicolores, l'artiste nous montrait — vilain spectacle — un crâne chauve marqué de lamentables rougeurs.

« Quelle chose étonnante que la fréquence des maladies de peau

« Deux voyageurs... »

chez un peuple aussi fidèle à la baignade quotidienne ! Le jour où j'écrirai un livre sur le Japon, j'approfondirai certainement la question.

« Soudain, comme le marchand se levait, empressé, je vis Oyouki devenir toute pâle, toute tremblante, et essayer, en se penchant vers l'étalage, de dérober son visage. Inquiet, j'interrogeai :

« — Qu'y a-t-il?

« Elle répondit tout bas :

« — Cet homme arrêté là, à la porte, avec cet enfant, eh bien, c'est l'aveugle Kavarihito qui venait mendier toutes les semaines à la barrière du jardin de cousine : Sato lui donnait un sou, moi quelques gâteaux, quelques fruits de mes desserts. S'il allait me trahir?

« — Pourquoi ton, comment dis-tu ça, enfin ton bonhomme en *ito*, Kiroto, Karoto, te rendrait-il le mal pour le bien? Ce serait encore un joli monsieur, celui-là !

« — Pensant faire au mieux peut-être.

« — Mais puisqu'il est aveugle.

« — Son guide y voit pour lui.

« Hélas! j'eus beau me mettre en quatre afin de la rassurer, inutile; le mal était fait, et toute la belle confiance si laborieusement infusée s'en allait à vau-l'eau. De nouveau une désolante terreur s'emparait de ma pauvre amie. L'aveugle parlerait, elle ne sortait pas de là!

« La chère mignonne se revoyait déjà entre les dures pattes de Kikou; or, la dame ne se montrerait sans doute pas meilleure princesse que par le passé.

« Nous cheminions toujours, mais la gaieté, hélas! envolée!

« C'est alors qu'Oyouki eut l'idée triomphante d'aller implorer le grand Daïbutzu aux environs de Kamakoura. Cela ne nous conduisait pas précisément à Nikko, mais dame, puisque ça lui faisait plaisir, à cette enfant, et que, m'affirmait-elle, tout irait mieux après...! Vraiment j'avais si mal de sa peine que j'aurais donné, je crois, jusqu'à mon pauvre Tourlourou pour l'en délivrer. Jugez, parrain !

« Donc, changement de front. Couci-couça nous arrivâmes tout de même; dire à Kamakoura serait beaucoup, car il n'y a plus de Kamakoura. Le tort des villes en bois, si sculptées, si mirifiques soient-elles, est de s'émietter comme de vulgaires troncs pourrris, négligeant même de laisser des ruines.

« Hélas ! de tant de beautés, il ne reste plus aujourd'hui qu'un large tronçon de rue bordé d'hôtelleries pour les pèlerins.

« Nous nous dirigeâmes vers une maison de thé ; la nuit était venue ; autour de nous tout était joie, apaisement, confiance, lorsque tout à coup, patatras ! deux voyageurs vinrent s'asseoir à une table vivement éclairée, non loin de nous.

« L'un, vieux, décrépit, caduc, montrait une face fouinarde, une bouche désagréablement souriante, d'où les dents avaient déménagé avec ensemble ; l'autre, jeune, ni beau ni laid, portant le costume de gala des artisans endimanchés et la lanterne des djins.

« A leur vue, ma compagne, positivement médusée, était passée au vert comme le « gardien-bienvenue » des temples japonais.

« Elle me saisit violemment le bras, et je constatai, non sans surprise, la force que peut avoir une main de fillette que crispe la peur. Se renfonçant dans l'ombre, elle murmura comme un souffle :

« — Paye, paye vite et partons. »

« Quelle nature obéissante est la mienne ! Un quart d'heure après nous trottions comme des lièvres sur la route qui mène vers le grand Daïbutzu.

« Et maintenant, à demain si vous le voulez bien, cher parrain, car je meurs de sommeil, et mes yeux se ferment.

                              « Votre JEAN. »

Hélas ! les appréhensions de la pauvre Oyouki n'étaient pas vaines, et il était bien vrai que Kikou-San, très inquiète au point de vue des ennuis que pouvait lui susciter la disparition de sa nièce, avait lancé à sa recherche, non sans gémir sur la grosse somme déboursée, des individus appartenant à une sorte de police particulière ; le péril était donc grand.

## XVII

UN LOGEMENT A BON MARCHÉ ; NOURRITURE IDEM. — CE QUE L'ON TROUVE
DANS LE CORPS D'UN DIEU

Suite de la lettre de Jean à Claude Loutil :

« Je reprends ce matin, cher parrain, la lettre-volume interrompue
hier.

« Donc, tout en trottinant, je questionnai ma peureuse amie :

« — Qu'est-ce encore, pauvre Kikit, que cette nouvelle frayeur?
que survient-il?

« — Mais que l'aveugle a parlé... Ce vieux, si laid, c'est le meil-
leur ami de ma tante, et l'autre sûrement un homme de la police ; ils
me cherchent. »

« J'essayai, en montrant un mépris tranquille de tout danger, sans
être, en réalité, plus rassuré que cela, de détourner ses idées :

« Hou! la laide qui met sa cervelle en déroute parce que — grâce
au plus grand des hasards — deux individus de ses anciennes con-
naissances viennent prendre, d'un front innocent et serein, — j'ai
constaté le fait, — le thé à une table voisine de la nôtre! Hou! la
laide, hou!

« Paroles perdues, dont autant emportait le vent.

« Vers minuit seulement, la pauvre petite, harassée, consentit à
prendre un peu de repos dans une auberge. Nous en repartions au
jour le lendemain; il nous restait encore deux heures de marche à
faire.

« Dans ce lieu de prière on rencontre partout, le long des chemins,
dans les carrefours, au bord des étangs sacrés, des groupes de petits
bouddhas de pierre, alignés par cinq ou six, très poussiéreux, très
sales, affublés de colliers de perles et de plastrons de drap rouge,
auxquels un consciencieux nettoyage ferait vraiment du bien.

« Brusquement, au bout d'une belle allée bordée de pins, nous voyons surgir, au sommet d'un monticule, la masse dorée du Daï-butzu, dominant, écrasant toute la vallée.

« Si, au lieu de se tenir sagement assis, calme, réfléchi, les mains unies, il se dressait, il rendrait des points à la butte Montmartre... ou à peu près, ne disputons pas sur la mesure.

« Le brave dieu! Dans sa tête énorme, souriante, ses longs yeux penchés vers la terre semblaient nous appeler, tendres et doux.

« Les parois du colosse sont composées de morceaux de bronze fondus, assemblés, soudés et finement ciselés; les reliefs sont en argent.

« Sous ce bon sourire qui nous tombait d'une hauteur de vingt-cinq mètres, Oyouki reprenait peu à peu le calme perdu. Elle me racontait d'intéressantes choses.

« Au jour de sa superbe, le Bouddha géant posséda un temple mer-veilleux, — le temple d'Hachimam, — une pagode, une tour de la cloche et une bibliothèque, le tout détruit, il n'y a pas longtemps, en 1870, c'est-à-dire à l'époque tourmentée où le culte bouddhique fut remplacé officiellement par le culte de Schinto, qui est celui de la cour.

« Maintenant le grand solitaire n'a plus pour abri que l'énorme tente du ciel, grise ou bleue, sombre ou étoilée.

« — Mais vois-tu, Jean, concluait-elle, il est indestructible, lui, et vivra autant que le monde.

« Tout était désert encore; très émus, nous arrivions au pied même de l'idole. Une des premières portes de l'ancien sanctuaire demeure debout encore, flanquée de deux abominables monstres à faces humaines, l'un bleu, l'autre rouge, dieux convulsionnés, à l'expres-sion de méchanceté si féroce, qu'en dépit de l'habitude Oyouki en demeura frissonnante.

« Devant la statue, des gerbes de lotus d'or, hauts comme des cèdres, s'élancent de vases sacrés gigantesques. En bas, sur l'allée sablée, nous, chétifs humains, faisions l'effet de véritables pygmées.

« Je croyais bien tout sauvé, lorsque soudain, dans le gentil jardinet que nous venions de traverser, deux personnages apparurent. Une

7.

vraie catastrophe! Nos deux bonshommes de la veille! Les misérables avaient dû partir avec l'aube. Je les aurais battus.

« Nous eûmes juste le temps de nous abriter derrière le dieu pour entendre cette phrase terrifiante :

« — Bah! mon cher, les fillettes perdues, c'est comme les chiens galeux : ça se retrouve toujours; nous arriverons à nos fins.

« La comparaison ne pouvait être plus gracieuse. L'autre répondit :

« — Ma foi, je ne voudrais pas être à la place de la jeune personne quand, de gré ou de force, elle réintégrera le domicile de sa cousine.

« Leurs voix se rapprochaient; éperdue, Oyouki se précipita par une petite porte, ouverte en ce moment, mais parfaitement dissimulée d'ordinaire dans les ornements des sandales du Daïbutzu. Je la suivis. Excusables en raison du cas de force majeure, nous venions de pénétrer irrévérencieusement dans le corps complètement creux du dieu.

« Dans ce corps, une série d'échelles de fer monte des talons aux genoux, des genoux dans le ventre, du ventre jusqu'à la tête. Les omoplates sont percées de deux petites fenêtres qui permettent d'admirer le paysage.

« Ah! parrain, si vous aviez vu comme elle les grimpait, ces échelles, la pauvre gamine! Une deux, trois. Elle ne s'arrêta que dans l'oreille, essoufflée, à bout de forces, et moi j'escaladais péniblement derrière elle, tenant d'une main les quatre pattes de Tourlourou roulé autour de mon cou comme un boa : mode nouvelle à indiquer à nos Parisiennes. Dans cette bienheureuse oreille, ou plutôt dans cette oreille de bienheureux, on respira.

« Il y a, de cette belle équipée, huit grands jours, et, voyez la malchance, depuis ces huit grands jours, nos deux fâcheux ne cessent de rôder près de notre abri. Ils dessinent, ils prennent des notes de l'air le plus inoffensif du monde. Je ne crois vraiment pas qu'ils nous aient vus, mais rien ne peut persuader la peureuse qu'ils ne soient là exprès pour elle; c'est une idée fixe. Alors, voilà, on s'est

« Nous, chétifs humains, faisions l'effet de véritables pygmées... »

arrangé une ingénieuse et curieuse petite existence. Nous vivons dans le Daïbutzu et du Daïbutzu, c'est-à-dire des offrandes que la piété des fidèles vient déposer chaque soir à ses pieds. Le menu manque évidemment de variété, mais à la guerre comme à la guerre; puis l'appétit est bon.

« Ce qu'il faudrait voir, parrain, c'est l'ahurissement de ces excellents bonzes lorsqu'ils constatent, chaque matin, la disparition des victuailles adroitement subtilisées durant la nuit par votre serviteur. Ils finiront par croire ce qu'ils enseignent, c'est-à-dire que le Daïbutzu les mange.

« On trouve de tout dans le corps de notre hôte; une mine entière de lanternes, de bougies, gît même sur un des côtés du ventre; nous ne sommes pas près de manquer de lumière la nuit, et l'on y voit le jour. Chaque soir, à l'heure où, les lumières de la terre s'étant une à une éteintes, on ne voit plus briller que celles des cieux, à l'heure où le paysage nocturne revêt une splendeur féerique, Oyouki descend avec moi, joyeuse, délivrée pour quelques heures de ses terreurs; nous errons sur le tapis soyeux des mousses avec çà et là de jolis repos. Tourlourou court, s'agite, silencieux d'instinct, — ce que les bêtes ont d'esprit! — et, oreilles dressées, se livre à une guerre sauvage, enragée, sans merci, aux bestioles attardées.

« Mousmé Kikit a des idées étonnantes; ne me disait-elle pas hier, en regardant le ciel :

« — Dis donc, si une étoile filante allait me tomber dans le cou, ce serait drôle, hein?

« Parfois, au beau milieu d'une paisible sieste, chacun dans son oreille respective, elle se réveille avec des yeux effarés et me crie avec une épouvante comique qui fait mon bonheur :

« — Jean, si le Daïbutzu allait tousser ou éternuer, quelle danse! Tu as beau me veiller comme un gentil caniche, tu ne me sauverais pas.

« Si l'on s'ennuie, il y a la joie des recherches, des trouvailles inattendues. On déniche d'extraordinaires choses, que l'on débarrasse avec une patience louable — et un chiffon, la patience ne suffirait pas — de leur couche de poussière.

« Tout cela est très gentil, d'accord, mais un peu trop prolongé, et, si intéressant qu'il soit d'habiter un dieu, le besoin commence à se faire sentir d'un changement de résidence.

« Seulement, voilà, les deux nobles étrangers ne démarrent pas, et, anxieusement, je me demande quand nous pourrons déménager sans danger. Parrain si cher, quand jetterai-je enfin cette interminable lettre à la poste ? »

## XVII

OYOUKI RETROUVE DES AMIS. — UN COMPLOT ÉVENTÉ. — LE GRAND COEUR D'UNE PETITE FILLE

Les jours succédaient aux jours, et les touristes si justement redoutés d'Oyouki s'éternisaient, pour cette raison que le vieil ami de Kikou-San, négligeant sa mission, se livrait à un travail d'étude très savant sur le Daïbutzu et les temples de Kamakoura, ce qui, si elle l'eût su, eût fait rager singulièrement la vieille fille.

En attendant, notre jeune Parisien se morfondait d'impatience, sans parvenir à calmer les appréhensions de sa compagne.

Un soir cependant, comme ils venaient de s'asseoir au revers d'un talus, deux personnages portant, selon les nouveaux usages de l'aristocratie, le costume européen, prirent place sur un banc un peu au-dessus d'eux, et une voix dit, très mélancolique :

« Mon pauvre Yahmi Sama, il est absolument navrant de penser que, la guerre avec la Chine à peine terminée, de misérables meneurs ameutent le peuple contre la cour et le gouvernement. »

Une autre voix répondit, amère, irritée :

« Oui, misérables, bien misérables, ces étrangers qui, obligés de fuir leur patrie en raison de faits honteux, se joignent à quelques Soshis[1] ambitieux, sans scrupule, pour venir troubler la paix du

---

1. Anciens samouraïs meneurs d'agitation, de grève.

pays. Pauvre cher pays, si fier, si heureux pourtant de ses récentes
v ctoires !

« Autour du trône même il y a des affiliés. Et pendant ce temps,
nous, les fidèles, sommes disgraciés, comme le fut peu avant sa mort
le pauvre Rakemo Sama.

— Et ils sont puissants, les ennemis qui nous guettent, si puissants
qu'après avoir surpris, au péril de notre vie, sous des déguisements, le
projet d'attentat projeté contre la personne de l'empereur, que l'on
doit attirer dans un guet-apens si parfaitement organisé, nous n'osons
même pas aller à Tokio en avertir le Mikado, trop certains d'être
arrêtés avant d'avoir pu pénétrer jusqu'à lui.

— C'est pourquoi je persiste toujours à croire que le plus prudent,
le plus sage, est de faire parvenir les papiers donnant les indications
d'heure et de lieu à l'impératrice mère ; il serait temps.

— Sans doute, et je suis complètement de votre avis, seulement je
désespère de rencontrer l'émissaire sûr, fidèle, intelligent, que l'on
oserait charger de remettre entre ses mains des indications si pré-
cieuses, puisqu'elles peuvent sauver la vie du Mikado et préserver le
pays de grands troubles.

— Le plus difficile est de trouver quelqu'un dans une situation spéciale qui, tout en offrant les qualités d'honneur et de confiance indispensables, n'attirerait aucunement l'attention.

— Alors, je ne vois plus qu'une solution au problème : risquer le
tout pour le tout, nous rendre nous-mêmes près de l'impératrice, et
fassent les dieux qu'une apparition dans Tokio ne nous soit pas fatale,
et fatale à l'empereur par contre-coup.

— Le danger est grand, mais donner sa vie pour la patrie,
n'est-ce pas le devoir absolu de tout homme de bien, de tout bon
citoyen ?

— Encore faut-il, ami, que le sacrifice présente certaines chances
d'utilité; or, nous en avons neuf sur dix pour échouer. »

Ils se turent, plongés en de tristes méditations.

Au même moment, la lune glissant entre deux nuages inonda le talus de flots de lumière, et Jean vit la mousmé debout, le visage bou-

Comme ils venaient de s'asseoir au revers d'un talus...

leversé; tout son corps tremblait; de ses mains nerveuses elle pressait son front comme pour en faire jaillir quelque souvenir rebelle ; enfin, elle murmura :

« Yahmi Sama, Okavo Sama, oui, oui, je ne me trompe pas ; ce sont bien là les amis de mon père, dont ils viennent de prononcer le nom. »

D'un bond, cette enfant naguère si timide fut devant eux ; Jean suivait, stupéfait.

A leur vue, les deux hommes se dressèrent, inquiets, irrités, prêts à la menace ; mais la fillette, écartant son capuchon, les prévint :

« Seigneurs, seigneurs, reconnaissez-moi, je suis Oyouki, la fille de votre ami le Kou-gé Rakemo. Oui, oui, cette petite Oyouki que si souvent vous fîtes sauter sur vos genoux. »

Ils crièrent :

« Oyouki, chère mignonne !

— Ah ! quel bonheur ! vous ne m'avez pas oubliée. Écoutez, je vais tout vous dire, je sais bien que vous ne me trahirez pas. »

Elle raconta sa lamentable histoire, la rencontre de Jean.

Pris de pitié, les deux seigneurs lui prodiguaient leurs consolations, leurs paternelles caresses, et tendant la main au jeune garçon :

« Vous êtes un brave petit Français, vous ; merci pour ce que vous faites en faveur de l'une des nôtres. »

Mais la vaillante mousmé suivait son idée ; elle dit, le visage illuminé par un patriotique enthousiasme :

« Et maintenant, ne cherchez plus votre messager, chers seigneurs, il est devant vous.

— Toi ?

— Oui, moi, j'ai décidé cela tout à l'heure en apprenant les cruels incidents qui désolent le pays. N'hésitez pas à me confier ces papiers, car, sur la mémoire de mes ancêtres, je jure de les remettre à destination. »

Et devant leur geste de dénégation :

« Ne craignez rien, ne me refusez pas ; qui, mieux que des enfants comme nous, peut aller et venir sans inquiéter personne? Si mon père était ici, il me répéterait, j'en suis sûre, la fière devise de notre famille : « Honneur et Patrie priment tout, » et m'ordonnerait de partir.

Ses beaux yeux lançaient des flammes, son front rayonnait. Jean la contemplait, muet, pétrifié d'admiration. Ah ! elle avait le cœur bien placé, la frêle mousmé, pâle et brune. Quand il s'agissait de sa patrie, adieu les hésitations, les inquiétudes, les peurs ! Avec quelle ardeur elle réfutait les objections, enragée, tenace en sa volonté de dévouement !

« Une crâne petite bonne femme, se disait-il, tête solide, sang bouillant, une héroïne, quoi ! »

Et tant pria, supplia, se débattit la fillette, qu'elle finit par gagner sa cause. On décida qu'elle partirait cette nuit même.

Une heure après, munis d'un plan de campagne, des instructions les plus minutieuses et d'une somme assez ronde, nos deux entreprenants mioches, Tourlourou marchant en éclaireur, se mettaient en route pour Yokohama, la belle ville aux admirables fortifications blindées, assise si joliment dans la baie de Yeddo, à l'embouchure d'une délicieuse petite rivière.

Ils voyagèrent de longues heures, traversant ces paysages exquis, ces terres admirablement cultivées, plantées d'arbres robustes, superbes, qui méritèrent des Européens le nom de « Plaines du ciel ». Au matin seulement, le Fouzy-Yama montra la blancheur étincelante de ses neiges, les florissantes cultures, les forêts, la végétation sauvageonne, la brousse inculte, étagées sur ses flancs.

« Autrefois, raconta Oyouki, cette brousse fourmillait de singes auxquels les génies avaient donné la garde de la montagne ; fâchés de voir des étrangers fouler ce sol sacré, ils ont depuis longtemps abandonné leur domaine.

« Mais les aigles demeurent fidèles à la sainte montagne, et c'est afin de les effrayer et de se préserver de leurs attaques audacieuses que les pèlerins ne font l'ascension que de blanc vêtus. »

Elle était gaie ; les inquiétants personnages n'avaient pas reparu.

## XVIII

LES FIDÈLES RONINS. — UNE HÉROÏNE DANS LES FLAMMES

Afin de charmer les ennuis de la route, Oyouki ne se lassait pas de raconter à son compagnon, toujours vivement intéressé, les glorieuses légendes de son pays.

« Tu viens de voir, lui disait-elle, en Yahmi Sama et Okavo, ces amis de mon père, si dévoués à l'empereur, deux descendants de ces héros que furent les quarante-sept Ronins. Connais-tu leur histoire?

— Vaguement, et je le regrette.

— Alors, je vais te la dire. Nous autres, enfants du Nippon, ne nous lassons jamais de l'entendre; c'est l'histoire la plus populaire du pays.

« C'était en 1703; le prince Asano tenait un rang très élevé à la cour; chacun l'honorait, le respectait comme un homme loyal et sage, et ses hommes d'armes, ses samouraïs, le chérissaient pour sa bonté. Il avait cependant un ennemi, Kira, riche seigneur jaloux de l'affection du Mikado. Plusieurs fois ce Kira avait cherché à l'irriter dans le palais même, sachant bien que là Asano ne pourrait se défendre; un jour il alla jusqu'à l'y insulter gravement. Emporté par un mouvement de colère, le seigneur d'Ako tira son sabre et le poursuivit dans une galerie du palais.

« Hélas! c'était, selon la loi, un des crimes de lèse-majesté les plus graves qu'il fût possible de commettre; dès le lendemain, Asano recevait, selon l'étiquette ordinaire, l'ordre de faire « harakiri », c'est-à-dire de s'ouvrir le ventre en présence des membres de sa famille ou d'amis dont l'un, armé d'un cimeterre, devait trancher la tête au condamné d'un seul coup si la mort se faisait trop attendre.

« La terrible sentence fut exécutée.

« Dans un cas semblable, la famille tout entière du condamné était comprise dans l'expiation, perdait ses droits et ses titres; quant aux

« Harakiri... »

samouraïs, écuyers, serviteurs, ils devenaient « Ronins » ou *hommes
de la vague,* c'est-à-dire des espèces de vagabonds repoussés de tous.

« L'un de ces samouraïs, Oishi-Kuranosuté, que rien ne pouvait
consoler de la mort de son seigneur, rêvait une éclatante vengeance ;
pour l'exécuter, il réunit quarante-six de ses anciens compagnons,
les plus dévoués au maître tant regretté, et ils arrêtèrent le plan qui
condamnait Kira à la mort.

« Pendant deux ans ils attendirent l'occasion favorable, — on est
patient chez nous, — puis, une nuit d'épouvantable tempête, comme
le bruit du vent et du tonnerre couvrait tous les autres bruits, ils péné-
trèrent dans la demeure de Kira et le mirent à mort, après l'avoir
inutilement conjuré de quitter lui-même la vie en s'ouvrant le
ventre.

« Leur vengeance accomplie, ils partirent en bon ordre, comme
pour une bataille, et traversèrent toute la ville de Tokio portant le
chef sanglant du daïmio.

« Le peuple les suivait en criant : « Vivat pour ceux qui sont
fidèles et ne craignent pas la mort! » Ils allèrent ainsi jusqu'au parc
de Shiba et, après avoir lavé la dépouille du traître dans un endroit
où se trouve encore aujourd'hui un écriteau portant ces mots :
« C'est ici que la tête fut lavée, » ils la déposèrent dans le temple de
Sengakougy, sur le tombeau de leur maître.

« Hélas! et ils y étaient décidés dès le premier moment, ils devaient
porter la peine du sang versé.

« Quelques jours après, héroïquement, sans défaillance, les quarante-sept, sur ordre reçu, s'ouvraient le ventre. »

Oyouki se tut, et Jean dit, très ému :

« J'ai vu à Shiba le tombeau, les quarante-sept pierres posées en
cercle à l'ombre des cèdres. J'ai vu les mères y conduisant leurs
petits enfants chargés d'ex-voto et de fleurs; j'ai entendu les prières
murmurées; j'ai vu monter vers le ciel la fumée des baguettes d'encens sans cesse renouvelées par la piété des fidèles. Alors, ma petite
Oyouki, je me suis, moi aussi, incliné devant vos héros, et de tout
mon cœur j'ai rendu hommage à leur mémoire. Merci de me les
avoir mieux fait connaître.

Arrivés enfin à Yokohama, ils rôdèrent quelque temps dans les deux immenses rues parallèles, toujours si bruyantes, si animées, le Benten-Dôri et l'Houtcho-Dôri, ce quartier des marchands auquel ses innombrables enseignes flottantes donnent en tout temps un air amusant de fête foraine.

Jean voulut grimper sur les falaises que les Anglais nomment le « Bluff », voir de près ce quartier aristocratique où, parmi la riche verdure, s'étagent les blanches villas pavoisées de pavillons aux vives couleurs. De là il dominait la baie magnifique, sillonnée de yoles, de chaloupes à vapeur, de bateaux de pêche, le port, ce port le plus important de ceux ouverts aux Européens par les traités, les quais de pierre de taille, bordés d'un large boulevard macadamisé, les bâtiments de la douane, les maisons confortables, hôtels, banques, agences, etc., etc., et son admiration ravissait sa compagne.

La ville n'avait pas cependant sa gaieté habituelle ; on était inquiet : des bandes d'émeutiers parcouraient le pays environnant, le bruit courait même qu'ils venaient d'enlever les rails sur une certaine étendue de terrain entre Yokohama et Kioto et les avaient jetés à la mer.

Les deux amis se reposèrent quelques heures, puis bravement reprirent leur route. Bientôt l'état de la contrée leur montra que des grévistes et des émeutiers avaient passé par là ; ils rencontrèrent des rizières saccagées, des villages incendiés ; dans certains autres, les habitants effrayés s'étaient prudemment éloignés, emmenant le bétail, entassant sur des charrettes leurs objets les plus précieux. A un tournant de la route, Jean sursauta, horrifié, et, saisissant la main d'Oyouki, lui cria d'une voix rauque :

« Vite, vite, suis-moi et ferme les yeux. »

On avait pendu aux branches des cèdres cinq ou six malheureux, qui osèrent résister sans doute aux exigences de la bande.

Jean entraîna sa compagne dans une course folle ; soudain, ils s'arrêtèrent pétrifiés : à quelques centaines de pas, ils voyaient briller des armes, des insurgés étaient là. Vivement ils se jetèrent dans un ter-

rain semé de taillis, coururent une dizaine de minutes, puis, assis à
l'abri de quelques buissons, s'orientèrent et tinrent conseil. Le mieux
semblait être de continuer par le chemin qu'ils venaient de prendre.
Devant eux les taillis s'éclaircissaient, faisant place à une brousse
rêche et sèche. Cependant à l'horizon un voile de fumée inquiéta
Jean :

« Retournons, dit-il, il est imprudent de passer ici. »

Mais, intrépide, Oyouki répondit :

« Derrière, ce sont les émeutiers, et le temps presse. En avant, en
avant ; c'est probablement une ferme incendiée. »

Bientôt des tourbillons d'épaisse fumée les suffoquèrent ; ils s'a-
perçurent que la brousse brûlait. Les herbes se tordaient, telles des
bêtes de feu ; parfois quelques branchettes d'arbustes surchauffées
s'allumaient, crépitaient ; vaillamment Jean se précipitait afin d'en
préserver sa compagne, se brûlait les doigts, en les lançant au loin.

En certaines parties de la vaste plaine, le feu ruisselait sur un terrain
plus propice, forçant les intrépides enfants à de longs détours. Le
vent s'aviva, amenant davantage de flammes ; des étincelles jaillis-
saient, venaient s'aplatir sur les vêtements des voyageurs, y laissant
des trous. Deux fois la tunique d'Oyouki s'enflamma, deux fois Jean
l'éteignit dans sa large pèlerine de drap.

Ils respiraient un air suffocant. Oyouki pâlissait, ses narines se
pinçaient ; elle s'arrêta, rendue livide par une mortelle oppression.

« Frère, soutiens-moi, j'étouffe. »

Jean supplia, désespéré :

« Retournons, retournons, je t'en conjure ; tu vas mourir ici.

— J'ai juré, j'irai jusqu'au bout ; c'est pour ma patrie. »

Une saute de vent jeta vers eux des vagues plus dévorantes ; alors,
fou de douleur, raidissant ses jeunes muscles d'acier, Jean souleva son
amie et s'élança au pas de course non loin de là, vers un monticule
rocheux. Il était temps. Il la coucha sur la mousse, s'agenouilla près
d'elle. Oyouki râlait, demi-étouffée. Elle murmura dans un souffle :

« Tu avais raison ; je crois que je me meurs. Ami, le feu ne t'at-

Des tourbillons d'épaisse fumée les suffoquèrent...

teindra pas ici. Quand tout sera éteint, tu pourras partir, retourner à Yokohama, t'embarquer pour ta chère France. »

Il posa son front sur les mains jointes de la mousmé et dit avec des larmes :

« Si tu me quittes, sœur chérie, c'est moi qui porterai les papiers, je te le jure; mais tu vivras, tu vivras, ce serait trop horrible. »

Un sourire heureux passa sur les lèvres de l'héroïque fillette, puis ses yeux chavirèrent, et elle s'affaissa, inerte, avec une face de morte.

Navrants, les sanglots de Jean troublèrent le silence.

## XIX

### OU JEAN PROUVE QUE LES FRANÇAIS NE SONT PAS DES IMBÉCILES.
### UNE CHASSE COMME IL N'EN AVAIT JAMAIS VU.

Cependant le feu eut bientôt, de ses innombrables langues goulues, dévoré les herbes sèches; le vent tourna encore et, clément cette fois, chassa devant lui l'incendie. Presque aussitôt après le crépuscule, une grande fraîcheur tomba, la petite main glacée que Jean tenait dans les siennes eut un frisson rapide. Joie folle, la mousmé vivait ; cette nature surabondante de vitalité, de ressort, reprenait presque instantanément toute sa vigueur, toute son énergie.

La jeunesse oublie vite ses souffrances ; déjà, assis l'un près de l'autre, les deux amis riaient, babillaient, envahis d'une délicieuse griserie à se sentir vivre après avoir vu de si près la plus effroyable des morts.

« En route, disait Oyouki, toujours prête à l'action.

— Ah ! pour cette fois, répondait Jean gravement, c'est moi qui serai le maître, et tu ne risqueras pas un mouvement avant que l'incendie ne soit éteint, loin, très loin. D'ailleurs, tu dois avoir, comme moi, une de ces faims ! Si on dînait, hein ? »

Dans l'enchantement de ce beau soir que troublait seul le banhan des faucons regagnant le gîte, ils firent avec entrain honneur aux provisions prudemment apportées. Le repas à peine terminé, l'enragée gamine reprenait son antienne :

« Assez flâné, monsieur la Prudence. En voilà une belle affaire que de cheminer sur la terre tiède. Ça nous servira de chaufferette, allons ! »

Bon gré, mal gré, Jean céda, poussé d'ailleurs par l'espoir de se procurer un abri pour la nuit. Traversant la lande éteinte, ils retrouvèrent la riante campagne qui avoisine Yokohama, paysage charmant et paisible où, pittoresquement accrochées aux flancs des collines, rient des villas aux toits recourbés, aux jardins en terrasses ceints de grandes haies joyeusement fleuries, préservés par des arbres magnifiques et géants des trop grandes ardeurs du soleil. Hélas ! toutes ces villas étaient vides, et, aussi loin que pouvaient aller leurs regards, il n'apercevaient pas un être vivant. Bientôt leurs pieds meurtris ne purent plus les soutenir. Enfin, harassés, ils se laissèrent tomber sur la mousse ; dans cette nuit sans lune, toute noire, ils ne distinguaient rien autour d'eux. Le garçonnet enveloppa sa compagne de sa pèlerine, la berça de paroles consolantes :

« Dors, petite amie, j'ai le sommeil léger, nul péril ne nous surprendra ; reposons en paix quelques heures. »

Quand ils rouvrirent les yeux, il faisait grand jour. A quelque distance, de vastes établissements agricoles brûlaient. Bientôt, sur la route, des cavaliers passèrent au galop ; ils ne firent aucune attention aux jeunes voyageurs.

Dans l'immense ferme vide, les grévistes se gorgeaient de saki.

Jean essaya de contourner les bâtiments ; des chevaux échappés d'une écurie en feu se précipitaient affolés, hennissants, s'engouffraient dans une ruelle. Pour échapper à cette trombe, les voyageurs n'eurent que le temps de se jeter dans un renfoncement de muraille.

Soudain, un des émeutiers isolé les avisa ; brusque, il vint droit à Jean et, lui braquant son revolver sur la poitrine :

« Que fais-tu à rôdailler par ici, espèce de crapaud ? »

Tranquillement, le vaillant Parisien détourna le coup, qui partit en l'air.

« Pas un aussi vilain métier que toi en tous cas, aimable tueur

8

d'enfants. Je suis Français et je visite le Japon, lequel, par parenthèse, n'est pas joli, joli, à contempler dans l'échantillon que ta personne m'en offre. Si c'est là un crime, je demande à m'en expliquer
avec ton chef, qui aurait à s'en expliquer lui-même avec le consul
de France, si d'aventure un seul cheveu tombait de ma tête. »

L'autre se le tint pour dit et grogna :

« C'est bon, suivez-moi. »

Dans une rue voisine, accroupi sur une natte, au milieu de la salle
basse d'une maison de belle apparence, le chef rédigeait une procla-
mation.

Il cria, impatienté à la vue du soldat :

« Qu'est-ce encore que cette marmaille que tu m'amènes? Des
espions de la police! Allons donc! Bien jeunes pour le métier. Sem-
blaient-ils se cacher? »

Jean intervint; en face de ce nouveau danger, sa belle audace fut
étourdissante.

« Nous nous cachions si peu, monsieur, que, sujet français, ayant
droit à la protection de tous en ce pays, je vous cherchais dans le
but d'obtenir un sauf-conduit pour moi et ma compagne, afin que si
nous rencontrions quelques difficultés sur notre route, elles soient
aplanies. »

Flatté de se voir traité en chef de parti et tout de suite séduit par
cette frimousse franche, éveillée, par cette crânerie enjôleuse, le chef
sourit :

« Parbleu, gamin, tu peux te vanter de posséder un rude aplomb !
Enfin soit, tu es Français, je te dois protection, c'est entendu. Et
ton roquet, lui faut-il aussi un sauf-conduit? Mais ta compagne, c'est
autre chose : elle est Japonaise, elle.

— Certes, monsieur, mais c'est une pauvre marchande ambulante
qui va rejoindre sa mère : un enfant, donc un être sacré. Je l'ai rencontrée sur la route. Or, si moi, étranger, j'ai eu pitié de sa fatigue,
de sa faiblesse, et l'ai aidée de mon mieux, ferez-vous moins pour
elle, vous, son compatriote, fils d'une race de héros qui garda tou-

jours le culte du malheur, défendit toujours les Européens. Vos hommes (espérons cependant que celui-ci est l'exception) ont le geste vif; pour votre honneur, assurez notre sécurité. »

Le Montmartrois touchait juste; des instincts de preux sommeilleront éternellement dans l'âme japonaise.

Le chef, pris par cette belle tirade, jeta un regard sévère sur son soldat :

« Tu entends, Koromito, que la leçon te serve, et n'oublie plus à l'avenir que nous, combattants pour la liberté, ne sommes pas des assassins. »

Il signa un papier, le tendit à Jean :

« Tiens, petit, j'aime les braves, et par-dessus tout ceux de ton beau pays de France. Si vous rencontrez des grévistes sur votre chemin, vous ne serez point inquiétés; allez en paix.

Libres, les voyageurs reprirent aussitôt leur route.

Durant huit jours, nos coureurs d'aventures continuèrent leur pénible odyssée, avançant, reculant dans le même cercle, obligés, selon les circonstances, à de longs détours pour éviter soit les troupes envoyées contre les émeutiers, soit les émeutiers eux-mêmes. On eut souvent faim le jour, froid la nuit.

« Ah! s'exclamait plaisamment le gavroche, tout n'est pas plaisirs, repos et festins, dans le noble mais fatigant métier d'émissaires politiques. »

Les dangers succédaient aux dangers. Certain soir, comme ils continuaient leur marche intrépide à travers cette contrée muette, dangereuse, des abois lointains attirèrent leur attention. Tourlourou ravi dressa joyeusement les oreilles : les rencontres avec ses pareils étaient rares.

Le soleil sombrait sur un horizon de vapeurs roses, et le long du chemin la brise remuait doucement les roseaux chanteurs; déjà la fraîcheur nocturne tombait sur les épaules des chemineaux. Ils atteignaient les bords d'un lac, lorsque de nouveaux aboiements, en nombre cette fois, violents, frénétiques, retentirent vers la gauche.

Oyouki serra convulsivement le bras de son compagnon : un souvenir terrifiant traversait son esprit, une épouvante sans nom blêmissait son visage.

« Entends-tu, Jean? entends-tu?

— Eh bien, quoi? qu'arrive-t-il d'extraordinaire?

— Ceci, c'est que des chiens de ferme, même en bande et affamés, ne poussent pas des hurlements aussi sauvages, aussi féroces. Ah! frère, j'ai entendu dire qu'en dépit des récentes prohibitions, la police se sert parfois encore, en guise de rabatteurs, de molosses dressés à la chasse à l'homme. Aussi redoutables que des fauves, ces chiens fouillent tout, nul ne leur échappe. Ah! mourir sous leur dent serait horrible, horrible! »

A ces images atroces, le Parisien tressaillit, mais tout aussitôt reprenant son sang-froid :

« J'espère que tu te trompes, mais, pour plus de sûreté, entrons vivement dans l'eau; si tu sais un peu nager, je réponds de tout.

— Oui, je nage même assez bien. »

Il fit à Tourlourou le signe appris depuis peu, mais déjà bien connu, du silence, puis, soutenant sa compagne, il entra dans l'eau, se dirigea vers un îlot central où s'élevait un temple minuscule gardé par les inévitables monstres, et tous deux s'y cachèrent. Presque aussitôt la meute déboucha d'une route bordée de cryptomérias.

Furibonds, la gueule écumante, les rabatteurs s'élancèrent vers l'endroit que les fuyards venaient de quitter. Poursuite inutile : la féroce engeance s'arrêta dépistée, continuant cependant à errer sur la rive, humant l'air.

Tout à coup, — et quel soupir de délivrance s'échappa de la poitrine de nos voyageurs! — un coup de trompe sonna au loin; oreilles dressées, les bêtes se retournèrent, puis s'élancèrent brusquement, disparurent.

Depuis longtemps leurs voix ne s'entendaient plus; dans la crainte d'un retour de cette chasse infernale, les enfants, glacés d'épouvante, demeuraient réfugiés dans le temple.

La lune se leva, laissant traîner sur les eaux son sillon d'argent. L'atmosphère était lumineuse, presque comme en plein jour. Jamais nulle part Jean n'avait vu fleurs si grandes, si triomphantes ; la nature éclatait de joie dans-cette nuit spécialement tiède et douce, phénomène d'automne assez fréquent au Japon.

Avec mille peines, le Parisien s'était procuré pour Oyouki un *f'ton*, sorte de grande couverture très chaude, garnie de manches en cornet, sous laquelle les Nippons s'abritent aux jours d'hiver.

Gaiement ils se préparèrent à passer la nuit dans le temple, que Jean baptisa aussitôt : « Auberge des quatre vents. »

Habitués à dormir par terre, ils étaient heureux comme des rois à se retrouver une fois encore, la troisième, bien en vie.

« Et supérieurement gardés, affirmait le Montmartrois. Six monstres pour deux personnes ! Monstres farceurs, bons enfants, monstres pleins de bienveillance, qui nous font la risette. »

Elle était jolie, la risette à crocs menaçants, à langue dardée !

## XX

### TRANSES MORTELLES. — UN SAUVEUR DE HAUT PARAGE

Après avoir traversé sans encombre, à bord d'une barque de pêcheur, la baie étroite et profonde de Yedo, au fond de laquelle se cache Tokio, Jean et sa compagne débarquaient par une nuit froide, sous un brouillard intense qui voilait le paysage ; ils avaient décidé, après s'être bien renseignés sur l'état des esprits et avoir cherché les moyens de parvenir à l'impératrice douairière, de gagner la capitale par terre.

Grimpée sur ses hauts socques, enveloppée du grand manteau villageois, le visage à demi caché par un mouchoir noué à la paysanne, Oyouki s'écriait déjà, toute grelottante :

« Jean, mon brave Jean, en route tout de suite, n'est-ce pas ? Il faut que demain à l'aurore nous entrions à Tokio, par le faubourg de

Shinagawa ; c'est là que nous pourrons le plus facilement nous débrouiller. Je voudrais que quelques heures plus tard ma mission fût remplie. N'essaye pas de dire non, tu me ferais de la peine et... ce serait inutile ; nous n'avons que trop tardé. »

Jean ne savait pas résister à cette volonté si ferme et si douce. Navré de voir son amie s'exposer à pareille fatigue, il la suivit cependant docilement, et tous deux gagnèrent le Tokaïdo, jugeant cette route moins dangereuse que le sous-bois.

La lune avait percé le brouillard et jetait sur la voie immense comme un fleuve de silence et de mystère. Ils marchaient depuis une heure dans une paix profonde, lorsque soudain retentirent des clameurs désespérées, en même temps qu'éclatait une fusillade terrible.

Atterrés, blottis l'un contre l'autre, les jeunes voyageurs étaient pris dans une mêlée de police et d'émeutiers. Jean avait saisi la main d'Oyouki et la serrait inconsciemment à la faire crier ; des poussées d'êtres effarés les prenaient, les rejetaient au sein d'une bousculade terrible ; tout ce que les malheureux enfants gardaient de lucidité se résumait à cette pensée, à cet effort : ne pas tomber. Une nouvelle fusillade éclata plus rapprochée : les balles sifflaient, crépitaient, brisant autour d'eux les branchettes des arbres. Jean essaya de garantir Oyouki de son corps : dévouement perdu, les projectiles arrivaient de partout.

Brusquement la mousmé frissonna : elle venait de sentir au côté gauche une commotion violente, suivie d'une vive sensation de brûlure ; le bras gauche s'engourdit, tomba, lourd, le long de son corps. Atteinte d'une balle, l'héroïque fillette ne broncha pas, demeura debout pour ne pas effrayer Jean.

Enfin les coups de fusil s'éloignèrent, poursuivant les fuyards, et sur la route le vide se fit. Les deux amis se regardèrent dans une joie intense de leur salut ; le silence et la solitude leur parurent d'une douceur infinie, comme miraculeuse.

Jean tenait les deux petites mains transies d'Oyouki dans les siennes, ivre de bonheur à la voir vivante. Elle, toujours courageuse, essayait en vain de lutter contre la défaillance imminente ; le sol vacillait sous ses pieds, des cloches bruissaient à ses oreilles, sa tête tournait ; elle dit :

« Je suis lasse, lasse, Jean ; je voudrais dormir. »

Ses yeux se fermèrent ; inconsciente, elle glissa, s'affaissa sur la poussière de la route et s'évanouit.

A genoux, penché sur elle, Jean demandait, anxieux :

« Kikit, ma pauvre Kikit, qu'as-tu? Où souffres-tu? »

Quelque chose de tiède tomba goutte à goutte sur ses mains ; il comprit, et, redressé, hurla presque à force de terreur :

« Au secours ! au secours ! elle se meurt ! »

A ce cri, un homme vêtu en paysan sembla sortir d'un mur épais en bordure de la route ; s'avançant prudemment, il interrogea :

« Qui appelle?

— Vite, vite, par ici, une enfant blessée, morte peut-être. »

Sans un mot, l'homme s'orienta, saisit dans ses bras le petit corps inerte et, lentement, avec des précautions extrêmes, le souleva. La douceur du geste rassura Jean.

L'inconnu traversa la route ; en face de lui, une porte voilée de lianes, quasi invisible, s'ouvrait dans la muraille. Il fit signe à Jean de le suivre. Tourlourou, le brave toutou, n'avait pas perdu son maître. La porte soigneusement refermée, ils se trouvèrent dans un parc de magnificence royale. Au centre, enfoui sous l'épaisseur des verdures, s'élevait un simple pavillon de chasse.

C'est là que, sur un lit dressé à la hâte, l'homme déposait la blessée et procédait immédiatement avec beaucoup d'adresse à un sondage et à l'extraction de la balle. Ce fut terrible pour Jean, que les cris étouffés de son amie atteignaient jusqu'au fond de l'âme. La cruelle opération terminée, une potion calmante engourdit la blessée jusqu'au jour.

Comme les premiers rayons du soleil pénétraient dans la chambre, Oyouki s'éveilla singulièrement lucide, et, hantée aussitôt de son idée fixe, elle essaya de se lever, voulut repartir. Paternellement, son sauveur de la veille se joignit à Jean pour la contenir.

« Ne bougez pas, enfant, ce serait la mort. »

Un rai lumineux tombait sur la face aristocratique et fine de cet homme. Oyouki le regardait avec insistance, puis tout à coup, joignant les mains, le visage rayonnant, elle s'écria :

« Quoi! vous, monseigneur, vous, Odimo Sama, l'oncle du Mikado, vous sous ce déguisement!

« Ah! les dieux m'ont guidée vers Votre Grandeur.

— Chut, petite, il ne faut pas parler. »

Mais elle n'écoutait rien, racontait tout avec véhémence, la rencontre des deux nobles, le complot, sa mission :

« Ah! seigneur, seigneur, puisque je suis clouée là, partez vite. Que ces papiers soient remis immédiatement à votre sœur l'impératrice douairière. Vous le voulez bien, n'est-ce pas?

— Brave enfant, si je le veux! Mais, ma pauvre petite, comment t'abandonner dans cet état, même un jour?

— Jean me soignera, partez, monseigneur. »

Devant de pareils intérêts engagés, Odimo Sama, cet homme de bien, ce dévoué qu'une mission secrète retenait caché dans ce pavillon de chasse, ne pouvait hésiter; il donna ses instructions à Jean, qui trouverait dans la maison les choses les plus nécessaires ainsi que des serviteurs dévoués, mis à ses ordres.

Il partit; presque au même instant, une fièvre ardente, la terrible fièvre des blessés, s'emparait d'Oyouki. Le soir, au retour, sa mission heureusement accomplie, le prince la retrouvait en danger.

Durant un mois, lui et Jean la disputèrent à la mort, y mettant tout leur cœur, toutes leurs forces, toute leur intelligence; vingt fois ils la crurent perdue.

Ils la sauvèrent.

Maintenant elle était en convalescence, et le pays avait repris son calme. Odimo, plein d'admiration et de reconnaissance, parlait de la conduire au plus tôt près de l'impératrice mère.

— Tu verras, petite Oyouki, comme mon auguste sœur sera heureuse d'accueillir celle qui, en quelques jours, a joué tant de fois sa vie pour le salut de son empereur et de sa patrie. Combien plus encore quand elle saura que tu es la fille de son fidèle et loyal Rakemo Sama; car le temps pressait tellement que je n'ai rien expliqué complètement, l'autre jour, de ce qui te concerne; elle ne sait même pas que tu es ici. Mais te voilà forte, les chemins sont à peu près sûrs, et avant trois jours je t'aurai présentée à celle qui veut à l'avenir faire de toi la plus chère de ses protégées. »

Hélas! le même soir l'oncle du Mikado mourait subitement, de la rupture d'un anévrisme.

Ce fut un coup de foudre, une grande douleur pour les deux enfants.

Pour comble de malheur, un méchant hasard voulut qu'Oyouki aperçût un jour, passant sur la route, l'ami si redouté de Kikou San, en compagnie de l'homme de police; il lui parut avoir l'air sournois, investigateur.

Elle fut reprise de ses transes; sa petite âme transie de crainte évoqua mille fantômes, mille dangers. Comme l'agitation se portait maintenant vers le nord du Japon, il fallait attendre pour rejoindre sa nourrice.

Toute faible encore des suites de sa blessure, n'ayant plus son noble but à poursuivre, elle redevenait enfant, timide, craintive. Cependant une nouvelle lue dans les journaux l'électrisa. L'impératrice mère allait se rendre en pèlerinage à Kamakoura pour remercier le Daïbutzu d'une grâce obtenue, après quoi elle se rendrait à Kioto, sa demeure habituelle. Jamais Oyouki n'aurait la force de recommencer pareil voyage, jamais elle n'oserait s'aventurer dans la vieille cité où vivait sa terrible cousine.

Jean essayait vainement de la rassurer :

« Mais puisque l'impératrice y sera, à Kioto, que pourrais-tu craindre?

— Je ne sais; quelque coup de traîtrise. Les lettres ne sont jamais remises directement à Sa Majesté. Si celle que j'écrirais pour demander audience tombait entre les mains d'un ennemi de mon père, je serais perdue. »

Elle supplia, pressante, affectueuse :

« Jean, mon bon Jean, ce n'est pas cela qu'il faut faire ; j'ai une idée, mais ne m'abandonne pas. Écris à ton parrain, explique-lui la cause de ton retard.

« En une heure de chemin de fer nous arriverons à Yokohama; de là, en quelques heures, nous regagnerons Kamakoura, où nous retrouverons notre chère cachette; là nous attendrons en sûreté l'arrivée de l'impératrice, et je trouverai bien le moyen de me jeter à ses pieds, de me faire reconnaître.

« Tu veux, dis ?

A mesure qu'elle parlait, l'esprit d'aventures se réveillait chez Jean, et aussi, sans qu'il s'en rendît bien compte, le désir de ne pas perdre immédiatement celle qu'il nommait sa petite sœur.

Il consentit, et, toute sa belle humeur revenue :

« Princesse, qu'il soit fait selon votre souveraine volonté. Espérons qu'après avoir manqué périr par le feu, sous la gueule des chiens, enfin par le fait d'une indigestion de balles, nous arriverons sains et saufs, Tourlourou compris, dans l'oreille, la rare et hospitalière oreille du dieu qui daigna nous recueillir naguère de si bienveillante façon. Ainsi soit-il. »

Dès le lendemain matin, ils faisaient leurs adieux aux serviteurs du prince et gagnaient la station la plus proche ; le soir même, l'appendice auditif de Bouddha leur donnait à nouveau l'hospitalité.


## XXI

### APRÈS LA PEINE, L'HONNEUR


Depuis huit jours, la princesse errante et son chevalier avaient repris leurs anciens appartements et leurs anciennes habitudes, sans que rien d'anormal fût venu troubler leur paix. Le voyage de l'impératrice avait dû être retardé. Jean, ce gavroche qui avait des goûts de lézard, jouait, babillait ou paressait délicieusement, retrouvant

ses façons originales de penser et de faire. Leurs rires partaient sans
cesse en fusée, retentissaient, aux longues soirées, dans l'énorme
cavité de bronze. L'on était heureux, et l'on ne voulait pas songer au
jour désolant qui les séparerait.

De nouveau les prêtres s'ébahissaient du grand appétit du dieu.
Riz, bananes, fruits, vin de Saki, tout disparaissait avec une étonnante régularité.

Un matin, Jean regardant, comme il le faisait chaque jour, ce qui
se passait autour de l'autel, eut un soubresaut de surprise. A voix
contenue, il appela son amie :

« Viens vite, vite, Kikit; il y a un monde là devant! Tu ne peux
pas t'imaginer! »

La fillette accourut, et tout aussitôt leva de grands bras au ciel.
Devant la statue colossale, des gardes de la cour réservaient un
espace vide, contenant à distance une foule immense venue de tous
les villages voisins. Les bonzes, en tenue de cérémonie, offraient au
dieu des corbeilles de jasmin et de lotus roses; échappées des casso-
lettes d'or, des fumées d'encens montaient en spirales bleuâtres vers
le ciel.

Dans l'espace demeuré vide, une femme de haute taille pour une
Nippone, couverte d'un triple voile, avançait d'un pas lent, avec une
allure sculpturale.

La main d'Oyouki serra nerveusement la main de Jean, et, toute
pâle, elle murmura :

« Elle, c'est elle. Je reconnais sa garde d'honneur.

— Elle, qui?

— L'impératrice mère.

— Pas possible. Et ce peuple massé qui la regarde? C'est inouï; je
croyais cela impossible.

— Tu sais bien que les journaux viennent d'annoncer ce changement aux anciens usages ; on n'éloigne plus la foule sur le passage
des souverains. L'impératrice est enfin venue rendre grâce à Bouddha
de lui avoir sauvé son fils. »

Et brusquement, obéissant à quelque impulsion irrésistible, Oyouki se précipita, descendit les échelles quatre à quatre, au risque de se rompre le cou. Comme Jean voulait la suivre, elle lui cria, impérieuse :

« Reste là, ne bouge pas. »

Assez inquiet, il demeura cloué à son observatoire.

Bientôt une rumeur scandalisée monta jusqu'à lui, des gardes se précipitaient. Qu'allait-il advenir à son imprudente petite amie ?

Cependant Oyouki, sortant d'une porte secrète ouverte sur un des côtés en retour de l'autel, bondissait, légère, pour venir tomber prosternée au pied du trône de l'impératrice, et là s'écriait d'une voix entrecoupée :

« C'est moi, Majesté, moi Oyouki, fille de Rakemo Sama, la fillette blessée recueillie par votre illustre frère, moi qui fis parvenir le message destiné à sauver l'empereur. Majesté, ayez pitié, sauvez-moi. »

D'un geste, l'impératrice éloigna les gardes.

Penchée vers l'enfant, toujours prosternée, elle l'interrogeait à voix basse.

Là-haut, le cœur de Jean battait la chamade dans sa poitrine.

Le colloque fut assez long. Évidemment Oyouki disait les persécutions de sa tante, ses misères.

L'on vit enfin l'impératrice se lever, saisir la main de l'enfant, monter avec elle le premier degré de l'autel, d'où, se retournant vers la foule, elle dit d'une voix qui résonna solennelle dans le grand silence :

« Vous tous qui êtes ici, peuple, prêtres, tous patriotes et fidèles sujets du Mikado, saluez cette enfant à qui vous devez la vie de votre empereur, menacée par un infâme complot, et le salut de la patrie.

« Trois fois, cette fille d'une lignée de braves exposa sa vie ; atteinte à la poitrine par une balle, elle donna son sang, agonisa durant tout un mois dans la maison de mon frère. Prêtres et peuple, celle-là doit nous être chère entre toutes. »

« Vous tous qui êtes ici, peuple, prêtres... »

Un immense hourra frappa l'écho des collines, et, comme un seul
homme, la foule se précipita face à terre, saluant l'héroïne.

. . . . . . . . . . .

Dégagée des brumes passées, l'étoile d'Oyouki brillait désormais du plus vif éclat dans un ciel serein.

Aussitôt après les événements de Kamakoura, l'impératrice mère avait emmené les enfants au palais de Kioto. Très vite elle s'attacha à ces deux êtres vaillants et charmants, et tout un plan d'avenir s'élabora pour eux dans son esprit.

D'abord, l'on allait renvoyer dare dare le gentil Parisien dans son beau et intelligent Paris. Pas de temps à perdre pour le préparer aux hautes destinées que, d'accord avec le Mikado, l'impératrice lui réservait.

Un peu plus tard, en compagnie de sa chère Dédé et d'une gouvernante choisie dans une des meilleures familles de Tokio, Oyouki partirait à son tour pour cette capitale-reine où, l'avait si bien dit Jean, bat le cœur du monde. La fille du Kou-gé recevrait là une éducation hors ligne et, petite créature exquise, reviendrait chez les siens plus exquise encore; puis... on verrait.

Un peu avant le départ de Jean, quelques cas de peste ayant été signalés à Kioto, Kikou-San fut une des premières et rares victimes. A la nouvelle de cette pitoyable mort, notre Montmartrois, chatouillé d'un irrésistible mouvement de plaisir, ne put s'empêcher de s'écrier :

« Sapristi! il y a une justice, puisque les pestes se mangent entre elles. »

Malgré l'espérance du prochain revoir, les adieux furent tristes; on se demandait comment passer tant de mois de séparation sans en tomber malade de chagrin.

Tout s'arrangea selon le désir de l'impératrice; des années passèrent, années de travail, de pure affection, entre nos deux amis, puis un jour vint où, dans la chapelle catholique de Tokio débordante de fleurs, étincelante de lumières, l'on célébra, en présence des délégués de l'empereur et de son auguste mère, le mariage de M. Jean Maulier, attaché à l'ambassade française, avec Mlle Oyouki Rakemo, demoiselle d'honneur de l'impératrice mère.

Le secrétaire de l'ambassade et Claude Loutil, l'heureux parrain, récemment débarqué pour la circonstance, servaient de témoins au marié. Yahmi Sama et Okavo, rentrés en grâce, assistaient au même titre la ravissante épousée.

Sur un des bas côtés de la chapelle, Dédé et Sato-San, le brave jardinier, devenus amis intimes, pleuraient à chaudes larmes, faisant sans compter la dépense la plus folle de mouchoirs de papier qualité extra, pour le service de leurs ébauches de nez.

Et Tourlourou? Tourlourou, de fidèle et gaie mémoire, reposait depuis trois ans sous un modeste tertre gazonné, ainsi qu'il convient au bon toutou d'un bon maître.

Le bonheur s'est assis au foyer du jeune ménage, et on lisait récemment le nom de Jean dans la dernière promotion des chevaliers de la Légion d'honneur. La note officielle portait : « Pour services exceptionnels rendus à la France au Japon, et sauvetages périlleux de sujets français dans le port de Yokohama. »

Jean tenait décidément du terre-neuve.

Ici se termine pour nous, comme sur la plus noble et la plus belle des fins, l'histoire de nos héros.

FIN

# TABLE

SOCIÉTÉ ANONYME D'IMPRIMERIE DE VILLEFRANCHE-DE-ROUERGUE
Jules Bardoux, Directeur.